メディアワークス文庫

逢う日、花咲く。

青海野 灰

∞チャンドラーの文庫

さらば、愛しき女よ。

清水俊二 訳

逢う日、花咲く。

青海野 灰

メディアワークス文庫
0683

目　次

【記憶転移】 き‐おく‐てん‐い

臓器移植手術を受けた際、臓器提供者《ドナー》の記憶の一部が受け継がれる現象。

臓器の提供を受けた患者《レシピエント》は夢としてドナーの記憶を追体験したり、自覚のないまま本来知りえない知識を得たりする。記憶のほかに、趣味嗜好《しこう》を受け継ぐ場合もある。

なお、そのような現象について、科学的な根拠は一切認められていない。

●第一章　二人の、初恋。

▶

今日もまた、夢を見た。

その夢の中でだけ、僕はこの世に確かに生きているのだという実感を得る事ができた。

そこでは彼女は、明るい陽射《ひざ》しの中でセーラー服を風に躍らせ、友人達《たち》と明るく笑い、輝く未来に胸を弾ませ、全身から生のエネルギーを迸《ほとばし》らせていた。

彼女の内側は、水だった。温かな海のようでもあった。その海の中で僕は、ゆらゆらと漂いながら、彼女の目を通して、彼女の見るものを見ていた。その耳を通して、彼女が聞く音を聞いていた。その温かな皮膚を通して、彼女が触れるものを感じていた。そうして僕は「僕」である事のあらゆる辛苦を忘れ、彼女になってこの世界を楽しんでいた。

空はどこまでも青く澄んで、風は柔らかくそよぎ、人々は優しく、全てがキラキラと、世界中が輝いていた。

その夢を見る日は、いつも泣きながら目を覚ます。カーテン越しに差し込む朝日の中で、鳥達の囀《さえず》りの中で、どうしようもない憧憬に全身を引き裂かれながら体を丸め、迷子の子犬のような呻《うめ》き声を、喉の奥から静かに漏らした。

僕は、そこに行きたかった。あの、輝きの世界に。

布団から出て、洗面所で顔を洗う。鏡に映る男は、夢で彼女の瞳越しに見る鏡の中の、夏のヒマワリのような顔とは似ても似つかず、生気のない表情をしていた。洗面台に両手をつき、ゆっくりと深呼吸をする。僕は、今日も生きなくてはならない。右手を胸に当て、その鼓動を大切に確かめる。

朝食を摂《と》った後、制服に着替えてアパートを出た。階段を下りながら、ケータイで母親にメッセージを送る。「おはようございます　学校に向かいます」。「分かりました　気を付けて」。すぐにいつもの返事がくる。息のつまるあの家にいる事が嫌で、一人暮らしができるように他県の高校を受験した。その交換条件としてこの定期連絡を行っているが、僕はこの人に、子供として愛されているのか、世間体の為《ため》の道具として守られているのか、分からない。

初夏の陽気の中で、心臓の鼓動に歩調を合わせ、ゆっくりと歩く。そうする事でいつも、夢の彼女と一緒に歩いている気持ちになれた。道端で揺れるタチアオイの赤い花を愛おしく眺める。花言葉は、気高く威厳に満ちた美、熱烈な恋、など。この花の名前なんて、昔は知らなかったし、興味もなかった。僕は夢の中で、彼女を介して得た知識を、何よりも愛していた。

なしなつめ　きみにあはつぎ　はふくずの　のちもあはむと　あふひはなさく

タチアオイの登場するこの作者未詳の万葉の一首も、彼女から学んだものだった。様々な植物を季節を追うように登場させ、それに準《なぞら》えて君に逢《あ》いたいという気持ちと、いつか逢う日には花が咲くようにという希望を、葵《あおい》の花に乗せている。いつかの夢の中、柔らかな日差しの降り注ぐ教室で、朝露に揺れる新緑のような美しさで、この歌に触れて心を震わせる彼女を、僕は内側から感じていた。

君に逢いたい。いつか、逢いたい。

でも僕には、その「いつか」は、永遠に訪れない。

高校の授業は、大半がつまらなかった。適当にノートを取りながら、窓の外を眺めていた。それでも、夢の中で彼女になっている記憶から、勉強はそこそこできた。

体育の授業の時は、本当は過度に激しくない運動であれば問題ないのだが、嘘《うそ》をついていつも見学していた。高校に入ってからの体育の初日に、僕の喉仏の下から腹部まで延びるピンク色の傷跡を見せてから（事前に教頭から僕の経歴を聞いていたのかもしれないが）、体育教師は僕を壊れ物の硝子《ガラス》細工のように、必要以上に慎重に扱った。いつも体育を見学する僕のその異質さからか、興味を持って声をかけてくるクラスメイトも初めは何人かいた。でも、おざなりに対応しているうちにやがて大半が興味を失ったのか、二か月もすると僕は教室で空気の一部となる事ができた。ただ一人、今も前の席から話しかけてくる小河原《おがわら》を除いて。

「ホズミンはさ」

八月朔日《ほずみ》という僕の珍しい苗字《みようじ》を、彼は勝手に改造して呼んでくる。

「実際の所、なんでいつも体育見学してるわけ？」

頬杖《ほおづえ》をついて空をゆっくりと流れる雲を眺めていた僕は、小さく溜息《ためいき》を吐き出した。

「胸のケガの影響って、前に話したじゃんか」

「だから、その胸のケガって何なのさぁ。もう二か月くらい休んでるけど、一生体育できない程のモノなの？」

「体育は一生はやらないだろ？」

「話をそらすなって。そういうデリケートな問題をあいまいに濁されるとさ、遠慮とか気遣いが発生して、今後の付き合いに支障が出るかもしれないだろ。だからはっきりさせときたいんだよ」

小河原は僕の机にヒジをつき、身を乗り出した。細いフレームの眼鏡の奥の目を悪戯《いた》っぽく細め、「友達としてな」と小さく付け加えた。

僕は、いつも。この世界での時間や生というものを、現実味を持って感じられない。あの夢を頻繁に見るようになってからは特に。僕が本当に存在しているのはここではなくて、夢の中の、あの、輝くような日々を送る彼女の、その柔らかな身体《からだ》の内側なのではないか。そんな事ばかり考えていた。

それでも、こちらの世界で生きなくてはならない僕は、そこで支障なく過ごす為にも、入学から二か月経《た》つ今でも僕を構ってくる小河原の存在には、助けられていた。

少し迷ったが、頬杖をついたまま瞼《まぶた》を閉じて、声を出すためにゆっくりと息を吸った。

「中学一年の時に」

「お？　おうおう」

瞼のもたらす闇で見えないが、僕の雰囲気を察したのか、小河原が姿勢を正す音と気配がした。

「心臓の、移植手術を受けたんだ」

「……マジかよ」

目を閉ざしていると、感覚の大半を支配する視覚が遮られ、その他の感覚が鋭敏になる。

彼女の心臓が僕にもたらす鼓動の、その優しく甘やかなリズムに、耳を澄ました。

＊　＊　＊

拘束型心筋症、と、僕は診断されたらしい。

元から、周りの人より息切れしやすく疲れやすい身体だと感じていたが、小学五年の体育の時間に意識を失い、救急搬送された僕に下された診断結果は、当時の両親をひどく驚かせたと思う。五年生存率が約七割、一〇年生存率が約四割、小児の場合はさらに深刻——という情報は後から知ったが、それはまだ一〇歳という少年に背負わせるには、あまりにも酷な運命だったと、今となっては他人事《ひとごと》のように思う。もっとも、当時の僕は何も知らない子供だったし、両親はそんな僕にとても優しく接したので、「自分が何かの病気になったみたいだけど、学校を休めるし親も優しくてラッキー」程度にしか、思っていなかった。

それから、大きな病院に部屋を移して入院生活を送りながら、様々な処置を受けた。それは辛《つら》い日々だったが、それまでとは考えられないくらい優しくしてくれる両親や、学校の友人達のお見舞いやらで、何とか乗り切る事ができた。

やがて僕が、相変わらずベッドの上で、義務教育上は中学生になった頃、奇跡的なほど早期にドナーが見つかったとの報《しら》せが入った。そこに、政治家としてそこそこの地位にいた母親の力か、あるいはそのツテの影響が働いていたのかは分からない。ともかく、血液型、体格なども一致し、多様な検査の末に正常なレシピエントとして認定された僕は、一三歳の梅雨の時期、その誰のものかも分からない心臓の移植手術を、受けた。

半日程の処置の後、朝日の中で全身麻酔からゆっくりと目覚めた時。胸元に広く鈍く響く痛みと共に、そこで確かに鼓動している臓器の存在を、僕は畏れと共にまざまざと感じた。そして、それが僕のものではなく、別の誰か、既に亡くなっている誰かが持っていたものであり、さらにそれが自然ではなく人工的な処置により僕の体に植え付けられ、命の根幹を奪うような形で今こうして僕を生かしているという事に、感動にも似た畏怖を覚えた。

麻酔の影響か、自分のものではないような右手を動かし、入院着の上から胸元の傷に触れてみた。それはビリリと電流が走ったような痛みを起こし、僕の顔をしかめさせた。その縫い跡が僕の内側に閉じ込めている、誰かの喪失と善意の果ての臓器の存在を想《おも》い、涙が流れた。

――その日の夜、僕は、知らない少女になって晴れた日の草原を走り回る夢を見た。体を思い切り動かすのは、本当に久しぶりだった。お父さんとお母さんが、遠くから笑いながら私を見ている。不思議な懐かしさと、いとおしさと、切なさに胸が苦しく、目が覚めると僕はまた泣いていた。

充分な経過観察とリハビリを経て、退院となった。喉から腹部まで延びる手術痕は綺麗《きれい》にすることも可能らしかったが、僕はそれを選ばなかった。もらいものの心臓を入れて生きているのだという事実を、この傷がいつでも教えてくれると思った。

母の仕事を手伝っているおばさんが迎えに来て、車で家まで送ってくれた。車中で、そのおばさんが神妙な声で僕に教えた。僕の父と母が、離婚したのだと。親権は母が取ったと。諍《いさか》いは、僕が入院した辺りからずっと続いていた、と。

僕は知らなかった。病室で両親が見せる顔はとても優しく、何か問題があるようには見えなかったから。それでも大人達は、子供の知らないところで争い、決裂を起こし、それを子供には少しも見せなかった。それが、ショックだった。勝手に決めないで、話して欲しかった。そしてそれは——別れたのも、僕に話さずに決めた事も——たぶん、やっぱり、僕のせいなんだろう、と、思った。

この時僕は生まれて初めて、自分があまりにも無力な子供である事と、そして周りの大人や世間というものに守られて甘えて生きてきたんだという事を、思い知らされた。感情とは裏腹に馬鹿みたいに明るい夏の始まりの日差しの下、無機質な高速道路を走る車の後部座席で、僕は左胸に右手を当ててその鼓動を確かめながら、ずっと俯《うつむ》いていた。

その日から僕は、母方の姓である「八月朔日《ほずみ》」を名乗るようになった。家族が一人減った家で会う母は、僕が入院する前よりも冷徹になっているように感じた。僕の境遇に関して、メディアがいくつも取材交渉に来たが、全て断っているようだった。

知らない少女になる夢は、その後もたまに見るようになった。夢を見るたびに、少女は少しずつ成長していった。目覚めるといつも泣いていた。初めはただの不思議な夢だと思っていたが、次第に僕はそれを、今も左胸で優しく鼓動する、誰かの心臓の記憶なんじゃないかと思うようになった。

ドナーの情報は、通常知らされない事になっている。自室のPCで調べてみたら、以前臓器移植希望者の登録をしたサイトに、「コミュニティ」のタブがあった。クリックすると、移植経験者や、ドナーの家族の手記や手紙がいくつも載っていて、僕は一つ一つ目を通した。そのどれもに、レシピエントからの深い感謝や生きる喜びの言葉が、また、ドナー家族の悲痛な思いからの決意と、大切な家族の臓器を受け継いだレシピエントへの温かな慈しみの言葉があり、他人事ではない僕はぼろぼろと泣きながら読んだ。落ち着いた後、自分も手紙を書こうと思い立って便箋とペンを用意したが、一つも言葉が出てこなかった。

そこにあるような温かな輝きの言葉を、僕の手は綴《つづ》る権利があるのだろうか。いや、体裁よく感謝を告げる事ならいくらでもできる。でも、それは僕の本当の言葉なのだろうか。痛切な想いの果てに、大切な人の一部を切り取って送り出してくれたその家族に、胸を張って向き合えるような命の価値や喜びを、今の僕は持っているのだろうか。そう思うと、ペンが冷たい床に転がり落ちた。

父はいつの間にかどこか遠くに去り、滅多に家にいない母はたまに会えてもどこか冷たく、腫物のように僕を扱った。食事はいつもお手伝いさんが作ってくれたものを一人で食べた。それでも、夢の中で彼女になっている間は、とても幸福で、満ち足りていた。「私」は自由で、たまに悩むような事はあっても、それでも毎日が楽しかった。学校で勉強して、友達と遊んで、家族と温かなご飯を食べて、明日がまた来るという事が、それだけで嬉《うれ》しかった。朝日の中で目覚めると、胸が引き絞られるように痛み、静かに呻き声をあげた。僕は、そこに行きたかった。あの場所ではないここで、今日がまた始まるという事が、それだけで、苦しかった。それでも僕は、生きなくてはいけなかった。

中学校に通う合間に、インターネットや図書館で色んな資料や本を漁《あさ》った。性別が異なっても臓器移植には問題ない事は分かった。臓器移植の後で嗜好や性格が変わったという話、夢の中で知らないはずのドナーの情報を知ったという話、思いを宿す心臓、記憶転移——。科学的に証明されているものはなく、どの事例も眉唾的なストーリーだった。でも、他人のケースも、科学的な根拠も、理屈も、そんなものは関係なく、僕には不思議な確信があった。

夢で見る光景は、僕に移され今僕を生かしている心臓の、その元の持ち主の記憶。

何らかの理由で若くして亡くなってしまった、その美しい少女の、煌《きら》めく思い出。

僕にとってその夢と、彼女の存在は、何よりも大切なものになった。

絶対に叶《かな》う事のない。

触れる事もできない。

それはあまりにも透明で、

あまりにも残酷な、

初恋、だった。

＊　＊　＊

目を閉じていると、廊下や教室の喧騒《けんそう》の中に、彼女の心音が浮かび上がってくる。

とくん。とくん。僕はそれを両手で大切に汲《く》み上《あ》げ、そっと胸に抱きしめる。

「……で、その手術の影響で運動ができないって、コト？」

音の暗闇の中に、小河原の少し遠慮を含んだ声が聞こえた。目を開けると、いつもの高校の教室を背景に、少し神妙な顔をした小河原がいた。

「いや、人並みに運動はできるよ」

「じゃあなんで全部休んでるんだよう。サボりか？」

僕が見る夢や、彼女の事は、話していない。話した所で信じてもらえるとも思えないし、話したいとも思わない。彼女の存在は、僕の中だけの秘密にしていたい。

「だって、もったいないじゃん」

僕の言葉に、小河原は首を傾《かし》げた。

「何が？」

「鼓動の回数が、だよ」

生き物の心臓は、鼓動できる回数に上限がある、という話を聞いた事がある。小型犬は約五億回。猫や馬は約一〇億。人間は、約二〇億。言うなれば、心臓の使用回数限界。それだってただの統計的なネタ話みたいなもので、科学や医学的な背景は一切ないらしい。それでも、その話を聞いてから僕は恐ろしくて、彼女の心臓がもたらす鼓動の一つ一つを大切にしたくて、無駄な負担は与えないように、不要な運動は全て避けてきた。

「お、おう、そうか、そうだよな」

僕の境遇を知ったからか、小河原は素直に僕の謎理屈を呑《の》み込《こ》んだ。

「僕が体育サボってるってのは、みんなには内緒にしてくれよ」

さっきの小河原のように、僕は身を乗り出して片ヒジを机につき、囁《ささや》く。

「友達としてな」

小河原は目を丸くして嬉しそうに、それでいて秘密を共有した子供のように悪戯っぽい微笑《ほほえ》みを浮かべ、

「おう、任しとけ」

と小声で答えた。

休み時間の終了を告げる鐘が鳴り、教室は席に戻る生徒達でばたばたと慌ただしくなる。小河原はこちらに向けていた体を黒板の方に戻しながら、右手の親指を立てて見せた。まったく、ありがたい事だ。

部活動に所属していない僕は、授業を終えると小河原に別れを告げてすぐに学校を出た。彼女が好きだった花々を愛《いと》しく眺めながらゆっくり歩き、帰路の途中にある小さなスーパーに寄って、食材を買う。アパートの部屋に帰り食料を冷蔵庫に入れてか

ら、ケータイで母親に帰宅の連絡をする。「今学校から帰りました」。仕事中だからか、帰宅連絡の返事はいつもすぐには来ない。

彼女がくれたこの心臓のためにも、不健康な生活はしたくなかった。体育はサボっているが、適切な身体の維持のために、リハビリ時の担当医に教えてもらった軽い運動は毎日欠かさず行っていた。食事も、即席ものやコンビニ弁当などは避け、いつも自分で料理をして食べた。今日は鮭《さけ》のムニエルと、ほうれん草と玉ねぎのサラダにした。風呂で体を温め血行を良くし、少し本を読んで、十分な睡眠時間を取るために遅くない時間に布団に入る。

こういう日々を繰り返していると、彼女の心臓こそが僕の本質であり、僕の身体やそれを制御する脳は、その本質を維持するための器、或《あるい》いは付属物に過ぎないのだという考えが染み付いてくる。自我を喪失しそうな危険な思想だとも思うが、しかしそれは、僕にとって救いでもあった。この心臓の為に生きる事は、彼女の存在の為に生きる事と似ていて、彼女の一部を受け継いで生かされていながら個人の生き甲斐《いがい》がない僕の、唯一の生きる理由であり、喜びだった。だから、僕は、明日も生きなくてはならない。

梨棗《なしなつめ》　黍《きび》に粟《あわ》つぎ　延《は》ふ葛《くず》の　後《のち》も逢《あ》はむと　葵花咲《あふひはなさ》く

彼女の名前が、「鈴城《すずしろ》　葵花《あいか》」であるという事は、夢の中で彼女が紙に筆記する文字や、彼女を呼ぶ周囲の人の声で知った。彼女の性格や存在を体現するような、涼やかで美しい音と文字だ。そして、自分の名前と同じ字を含んでいるからこそ、彼女はあの万葉の一首にこれほど惹《ひ》かれたのだろう、と、僕は彼女の海に揺れながら微笑ましく思った。

「おはよー葵花。ねえねえ昨日のテレビ観《み》た？『生命の神秘』」

夢の中で、ある日の朝の通学中に、友人の絵里《えり》に声をかけられた。色とりどりのアジサイが穏やかな風に揺れる、梅雨入り前の快晴の朝だった。

「おはよ。見た見た！　感動したねぇ」

僕の胸で脈打つ心臓は、彼女の記憶の全てを辿《たど》っているわけではなく、断片的だった。だからそのテレビ番組を見ている彼女の記憶は、僕にはない。

絵里は風に揺られた髪を耳にかけ、続けた。

「すごいよね、生命の誕生とかさ。私がいつか大人になっても、あんな辛そうな思いしてまで子供を産みたいと思えるか、不安になっちゃったよ」

「あはは、分かる。女性の宿命だよねぇ」

僕を包む彼女が軽やかに笑うと、温かな海が心地よく揺れる。君が大人になれない事を、僕だけが知っている。

「でもそれも良かったけど、臓器移植で救われた人の話も感動したなぁ」

彼女の言葉に、僕は息を呑《の》んだ。

「誰かが誰かの為に、命のバトンを繋《つな》いであげる感じ。救われた人もドナーに心から感謝してて、私もちょっと泣いちゃったよ。番組終わってから、さっそくドナー登録の仮申請したんだ」

「えぇー、偉いねぇ葵花。でも死んだ後に、自分の知らない所で自分の身体を使われるって、なんか怖くない？」

「考えちゃうとちょっと怖いけどさ、でもそうやって誰かの役に立てるのって、すごく素敵だなーって思ったんだ」

その優しさに、僕は今、生かされている。

「それに、申請はしたけどさ、もしもの時のための意思表示だからね、そう簡単に自分が死ぬとは思ってないよ。やりたいこともいっぱいあるしね！」

彼女の身体にも、心にも、いつでも若さと希望が満《み》ち溢《あふ》れていた。でも君は、そう遠くない未来に、死んでしまうんだ。

僕なんかではなく、君こそが、生きていればいいのに。君こそが、生きているべきなのに。

一陣の風が彼女のスカートを揺らし、道端の落ち葉を高く吹き上げた。彼女と共に見上げる空は高く青くどこまでも澄み渡って、無限の未来を讃《たた》えているようだった。

太陽の眩《まぶ》しさに目覚めると、そこは冷たく暗く空気の沈んだ、一人暮らしの僕の部屋だった。

「ああっ……」

また涙が溢《あふ》れ、胸が痛み、シャツの胸元を握りしめる。心臓が僕の肋骨《ろっこつ》を突き破って彼女の元に戻りたがっているんじゃないかと思った。

落ち着いた後、ケータイのウェブブラウザを開き、彼女の名前を入れて検索してみた。初めから期待もしていなかったが、まったく関係のないサイトが結果に並ぶだけだった。

彼女は、どうして死んだのだろう。このまま夢を見ていけば、いつかそれが分かるのだろうか。

いつからか、私の中に、一人の男の子がいる。

はっきりとそう感じるようになったのは、小学校の高学年あたりからだっただろうか。一度その事をお母さんに話した事があったけど、その時はお母さんの表情から今にも病院に連れていかれそうな雰囲気を感じたので、とっさに冗談の方向に話を切り替えた。だから、これはみんなが持っているような普通の感覚ではないんだな、とそこで気付けたし、他の友達にも話していない。

顔も見えないし、声も聞こえない。でも確かに、いつもではないけれど時折、心の中とか、胸の内側のような所に、私ではないその存在をふわりと感じる。それは、こうして客観的に考えてみると不気味だけれど、怖いものではない、というのは分かる。むしろ、すごく優しくて、あったかくて、私を大事にしてくれているのを感じる。でも寂しくて小さくなって震えているような——そうだ、小屋の隅で怯《おび》えているウサギみたいな、そんな感覚だった。だから私は、自分の中にその子の存在を感じる度に、「ここは大丈夫だよ、怖くないし、温かくて楽しいよ」と伝えるように、めいっぱいその時を楽しむ事にしていた。

　私は、何とかして、私の内側にいるそのウサギみたいな不思議な男の子を元気づけてあげたくて、どうすればその子を温めてあげられるか、ふと気が付けばそればかり考えているようになっていた。

「葵花、聞いた？　来週から非常勤で来る数学の先生、めっちゃイケメンなんだって！」

　だから、高校の昼休みに友達の絵里から声をかけられた時も、私は自分の席でぼーっと考え事をしていた。

「え？　ああ、そうなんだ」

　心ここにあらずな返答に、絵里のサイドテールの黒髪が彼女の夏服の肩に揺れる。

「もー、リアクション薄いなぁ葵花は。もっとアンテナ張って、ぐいぐい行かないと。そんなんだからいつまでも彼氏できないんだぞ」

「絵里だっていないじゃん」

　そう笑いながら答えた。確かに、演劇部の先輩達も、新しい先生がカッコよくてどうのとか言ってたような気がする。でも私は、そういうのにはあまり興味が湧かない。

それよりも、ウサギさんを笑顔にする方法を考えていたい。

「ねえねえ、放課後こっそり見に行こうよ。今日職員室で挨拶とかしてるみたいだから、出てくる所を待ち伏せてさ。その先生、演劇部の顧問にもなるんでしょ？」

「うーん……」

数学教師かつ演劇部顧問の豊橋《とよはし》先生は、出産と育児のためしばらくお休みになる。その間の代理として呼ばれたのが、いま女子達の間で話題のイケメン先生らしかった。

「いいなぁ、私も演劇部に転部しようかなぁ。それで練習中に後ろから手とか握られて個人的に演技指導されちゃったりしてー！」

まだ顔も知らないのに勝手に妄想してキャーとか言っている絵里を横目に、そういう不純な理由で演劇部に入る女の子が増えたらいやだなぁ、と私は思った。

結局その日の放課後、絵里に強引に腕を引かれ、職員室から数メートルの曲がり角に身を隠して、その話題の先生を見る事になった。私達《わたしたち》が向かうと既に他の女子達が数人スタンバイしていて、女の子のミーハーな空気に辟易《へきえき》してしまう。今ウサギさんが来たら、私もそんな女の子の一人だと思われてしまうだろうか、なんて危惧も浮かぶ。

しばらくして職員室のドアがカラカラと開き、生徒から密《ひそ》かに「鬼爺《おにじい》」と呼ばれている教頭先生と、若そうな男の先生が出てきた。途端に、隠れて覗《のぞ》いていた女の子達から歓声が沸き起こる。声を出したら隠れてる意味がないんじゃ、と思ったら案の定、教頭先生がこちらに気付いて怖い顔をした。

「こらァ、見せもんじゃないぞ。行った行った」

そう言ってしっしっと手を揺らす教頭先生の後ろで、その若い先生は爽やかに微笑んで、こちらに向けて小さく手を振った。また女子達の歓声が上がる。教頭先生はため息をつくように肩を落としてから階段を下りていった。若い先生は微《かす》かに何かに驚くような表情をして、数秒だけこちらを見た後、教頭に呼ばれて階段を下りていく。

私を、見ていた……？　いや、気のせいか。

「やっぱいいね、めちゃくちゃカッコイイじゃん！」

興奮気味に絵里が話す後ろで、他の子達もキャーキャー言っている。「私を見つめてたー」とか騒いでいる子もいるので、さっきのはやっぱり私の気のせいのようだ。それにしても、確かに長身で爽やかな外見で、笑った顔も優しそうでアイドルみたいな人だったけど、そんなにはしゃぐような事だろうか。

私のノリが悪いのが気に食わないのか、絵里は露骨に眉をひそめた。

「まーた葵花は反応が薄いんだからぁ。どうせあれでしょ？　お子様な葵花は、気になる男子とか、そういうのがいたこともないんでしょ？」

　さすがに馬鹿にされている事が分かってムっとした。だから、咄嗟に言ってしまった。

「いるよ、気になる人くらい！」

「えっ、本当に？　葵花とは長い付き合いだけど、初めて聞いたわそういう色っぽい話。誰、誰？　どんな人なの？」

　思った以上に食いつかれてしまった。ここではぐらかせば、でまかせだとからかわれそうだ。私はもごもごと声を出す。

「それは……ずっと、私をすごく大事に思ってくれてて、でも、よく分からないんだけど、どこか寂しげで、何とかしてあげたくなるっていうか……」

　嘘は言っていない。絵里の表情が、みるみる喜びと好奇心の色に染まっていくのが見えた。私の顔は赤くなっているかもしれない。

「えぇー、何その『お互いが特別』感！　付き合ってるの？」

「いや、付き合っては、いないんだけど……」

「それもう告白待ちだよ！　いいなぁ葵花は。そういう人がいるならもっと早く話してよぉ、私たち友達でしょ。で、誰なの？　学校外の人？」

「えぇーっと……」

答えあぐねていると、心の中に小さな温かさがぽわんと灯《とも》った。

「ウサギさんが来たっ」

「え、何？」

不意に零《こぼ》れた私の呟《つぶや》きに、絵里は怪訝《けげん》な顔をした。慌ててこの話題を終わらせる。

「あ、私、部活行かないと！　じゃあね絵里。絵里も吹奏楽サボっちゃダメだからね」

「あっ、はぐらかしたな！」

頬を膨らす絵里に笑って手を振って、私は廊下を走る。窓から見える、夏の訪れを告げるような太陽が、古びた校舎や、校庭の新緑や、放課後にはしゃぐ生徒達を、眩しいくらいに輝かせている。

ここは楽しいよ、私は幸せだよ、だから大丈夫だよ、名も知らぬウサギさん。

絵里に話したのは嘘でもでまかせでもなかった。気が付くと私の中に浮かび、寂しさに身を縮ませながら、私を何よりも大事に思ってくれている。そんな彼が、いつからか、気になってしかたない。

歩調を緩め、廊下の窓からキラキラと輝く外の風景を眺めながら、お気に入りの短歌を口ずさむ。

「なしなつめ、きみにあわつぎ、はうくずの、のちもあわんと、あうひはなさく」

顔も見えなければ、声も聞こえない。

でも確かに繋がっていて、この胸の中でくすぐったく、いじらしく、私を温めてくれる。

どこにいるの。いつか逢えるの。君に逢いたい。いつか、逢いたい。

それはあまりにも透明で、

あまりにも純粋な、

初恋、だった。

▶▶

午後の数学の授業中、黒板にチョークが走る硬い音が教室に響く。僕はそれを右耳だけで聞きつつ、梅雨入りが近いことを予感させる六月の曇り空をぼんやりと眺めていた。彼女の心臓が僕にもたらしてきた映像や音を、思い返しながら。

葵花は、中学では美術部だったが、高校では演劇部に所属していた。彼女に演劇の経験があった訳ではないが、過去にテレビのドキュメンタリーで観た、舞台の上で活《い》き活《い》きと動き回る役者に、輝きを感じて憧れを抱いたようだった。テレビに影響を受けやすいんだな、と、僕は微笑む。

僕も、彼女の歴史を辿るように、高校で演劇部に入ってみようかと考えた事もあったが、その思いは一瞬で立ち消えた。彼女を通して経験していたその部活動は、「演劇」という文化的なイメージを起こす言葉とは裏腹にかなり体育会系であり、毎日の筋トレやランニングで心臓に負荷をかけることは避けたい所だ。それに、彼女が楽しそうにやっていた台本の読み合わせ等も、僕に向いているとはとても思えなかった。

「じゃあここの問題を……」

黒板に因数分解の問題を書き終えた教師が、教室を見渡した。僕は目立たないように手元の教科書に視線を落とす。

「今日は六月三日だから、かけて一八番の、ホズミ君にお願いしようかな」

この教師は変則的な指名の仕方をしてくる。心の中でだけ舌打ちをして顔を上げると、その若い男性教師の試すような微笑みが見えた。僕の授業態度の悪さを暗に指摘しているのかもしれないが、その鼻を明かしてやろうと僕は席を立ち、淀《よど》みなく解答を板書した。

「へえ、ちゃんと授業聞いてくれてたんだね、ホズミ君。それとも、キミにはこんな問題簡単過ぎたかな？」

皮肉かどうか分かりにくいその問いに、僕は当たり障りなく微笑んで答える。

「いえ、授業を真面目に受けているからですよ」

「そうか、ありがとう」

その数学教師――星野《ほしの》先生は、眼鏡の奥の目を細めて柔らかく笑った。

最後尾の自席に戻るために机の間を歩いていると、教室内の女子生徒の大半の視線が、教壇に立つ星野《ほしの》先生に向けられている事に気付いた。また、それに比例するように男子生徒の大半が不貞腐《ふてくさ》れたような表情をしていて、教室を一種異様な空気が満たしていた。

やがて授業終了の鐘が鳴り、星野先生が教室を出て行った後、前の席に座る小河原が振り返って言った。

「いやぁ、オレ数学の時間って苦痛だわ」

早くも頬杖をついて心臓の記憶へ陶酔しようとしていた僕は、おざなりな声で返事をする。

「数学、苦手なの？」

「違うって。寧《むし》ろ数学は好きな方なんだけどさ、そうじゃなくて、教室の空気が息苦しいっていうか」

「そうか？　じゃあ、せっかく窓際の席なんだから、少し窓を開ければいいんじゃないの」

「だからそうじゃなくてぇ、ギスギスしてるんだよな、星野先生の授業は」

「そうかな。授業の進行は上手い方だと思うけど」

僕の応答に、小河原は呆《あき》れたように笑った。

「ホズミンはホントに周りに興味がないんだなぁ。星野先生が来ると、女子がみんな授業そっちのけでキラキラした視線送るから、男子はそれがつまらなくてイライラしてるんだよ。……本気で分かってなかった？」

「ああ、そういう事」

それなら、僕も先ほどピリピリとした異様な雰囲気を感じた所だった。

「入学して二か月も経つとさ、クラス内で気になる女子もできるもんだろ？　でも失敗したよなぁ、この学校にあんな女子キラー教師がいるなんてさ。男共は皆ガックリしてるんじゃないかなぁ。オレの青春も危ぶまれるわ」

確かに、近くに集まって話している女子達のキー高めの会話からも、「星野先生」という単語が頻出している。

「ふうん、人気なんだね、星野先生」

「さすがの余裕だぜ、ホズミン。頼もしいわー」

溜息をつく小河原と一緒に、温熱と寒冷の渦巻く教室を眺めた。僕の場合は葵花の存在があるし、彼女にはそういった特定の相手はいなかったようなので、小河原が言うような感情に縛られる事はないのがありがたい。いや、それでも、まだ見ぬ彼女の記憶の中で、そういう相手が現れないとも限らない。そうなったら、僕は、どうすればいいのだろう。これまで通り、彼女の心臓と寄り添っていけるのだろうか。

小さく窓を叩《たた》く音がしたので視線をそちらに向けると、降り出した雨でガラスが濡《ぬ》れ、まるで涙ぐんでいるように外の景色をぼやけさせていた。

◀◀

とうとう私の住む町も、朝のニュースで梅雨入りの範囲に含められてしまった。雨は、あまり好きじゃない。

少し憂鬱な気持ちで傘を持って家を出ると、空はどんよりと重そうな鉛色の雲を広げ、さっそくパラパラと雨粒を降らせていた。梅雨入り宣言されたからって当日から律儀に降らせるなんて、真面目な空だな、一日くらいサボって晴れてくれたっていいのに。なんて考えながら傘を開くと、左胸の奥に、愛しい温《ぬく》もりが灯った。思わず顔がほころぶ。

「おはよう、ウサギさん。一緒に行こっか」

通りを歩く人達《ひとたち》の誰にも聞こえないように呟いて、少し明るくなった心で、一歩を踏み出した。

タタタタンと、傘に雨粒が当たって弾《はじ》け、リズミカルな音をたてる。水たまりを踏まないように、小さくジャンプして飛び越える。

道端に咲くアジサイは満開の花を重たそうにして、雨に濡れて透き通る瑠璃色の花びらを震わせながら、ようやく訪れた雨季を全身で喜んでいるように見える。その葉っぱの一つにカタツムリが休んでいるのを見つけ、そういえば久しぶりに見たな、と何だか少し嬉しくなる。

少し歩くと、タチアオイが群生している川沿いの土手に出る。真っ直ぐに空に向かって直立するこの植物は、私の背よりも高いものもある。大きいものは三メートルにもなると聞いて驚いた事もあった。赤、白、ピンク、紫、様々な色の花を開き、雨に負けずにしっかりと立っている。

私の名前「葵花」の由来は、このタチアオイなのだと、以前母から聞いた。自分の力で真っ直ぐに立ち、足元から次々に花を開いていって、てっぺんの花が開く頃に、ちょうど梅雨が明けるのだという。そのような花が自分の名前になっていると聞いて、背筋が伸びるような誇らしい気持ちになった覚えがある。

タチアオイの坂を上ると、急に視界が開ける。土手の下には川に沿って草原が広がり、真ん中にナラの木が一本立っている。少し離れた所を流れる川は雨を味方につけて、いつもよりも雄々しく力強い。川の向こうには、いくつかの木々を挟んで、雨に煙る別の町が広がっている。そこに住む人達にも、それぞれの人生があって、それぞれの想いがあって、でも今等しく同じ雨に包まれていると思うと、少し不思議な高揚を感じる。

タタタン。タタタタン。雨が傘を叩く。好きな人と一緒に歩いているような気分に、私の胸も心地よく弾む。

後ろから足音が近付いてきた。きっと絵里だ。

「葵花おはよー」

「おはよ」

少し息を切らした絵里が、私の隣に並んだ。白地に紺色でお洒落《しゃれ》な花の模様が入った傘を差している。

「いやぁ、来ちゃったねぇ梅雨が。じめじめしてて朝から雨で最悪だよね」

「そうかな、雨も案外悪くないよ」

「えぇ、この前言ってた事と違うじゃんー」

「あははっ」

傘をくるりと回すと、雫《しずく》が円の形に広がった。絵里のスカートを少し濡らしてしまい、ちょっとやめてよと怒られたけど、それさえも楽しくて、笑いながらごめんごめんと謝る。

心にまだ灯る温かさを確認しながら、私は思う。

君は、どうかな。楽しめてるかな。

放課後の演劇部で、みんなでストレッチをしていると、練習のために借りている多目的教室の扉がノックされた。部長の田中《たなか》先輩が「どうぞ」と答えると、扉が開いて顧問の豊橋先生が入ってきた。

「豊橋先生！」

部員みんなが立ち上がり、先生のもとに駆け寄る。豊橋先生は、柔らかな雰囲気を纏《まと》った優しい女の先生で、生徒達にも人気がある。妊娠の経過が良くなかったらしく、しばらくお休みしていたので、久しぶりに会った。お腹《なか》が丸くなっているけれど頬は瘦せていて、疲れが浮かんでいる。体の中で命を育むという事の壮絶さが垣間見《かいまみ》えるようだった。

先生はみんなとしばらくそれまでの事を話した後、そろそろ来たかしらと扉の方を向いた。

「もう聞いてるかもしれないけど、私がしばらくお休みさせてもらうからね、その間に数学と演劇部を見てもらう代理の先生をお願いしてるの。その人は、大学の頃は劇団に所属していたみたいだから、みんなも勉強になると思うわ。正式には来週からなんだけど、今日は引き継ぎも兼ねて、先にみんなに紹介するわね」

そうか、この前絵里と見に行ったイケメン先生が顧問に来るんだっけ。そういえば名前もまだ聞いてないな。

豊橋先生が扉に手をかけ、カラカラと開いた。その奥から、お洒落なスニーカーが見え、細身のグレースーツが見え、爽やかな微笑みが見え——

今日は朝からずっと一緒だった左胸の温もりが、ぴくんと跳ねた気がした。

（星野先生っ？）

突然頭にそんな声が響き――

「え、ホシノセンセイ……？」

思わずその声に反応した私に、部員達が振り向いた。

▶▶

彼女の夢から覚めて泣いていなかったのは、初めてかもしれない。僕は、驚いていた。

この夢は、本当に葵花の記憶なんだろうか。あるいは全て僕の妄想が作り出した幻なのか。もしくは、先ほどの夢の最後だけ、僕の記憶が混入したのか。

――何故《なぜ》、葵花の世界に、星野先生が登場するのか。

いや、考えるまでもなく、分かる事だ。彼女の高校に、星野先生が赴任していた事があったのだろう。でもそれは、僕にとって一筋の光明だった。この心臓以外での、葵花との初めての繋がりだ。

緊張なのか、喜びなのか、不安なのか、よく分からない感情で彼女からもらった心臓が高鳴っているのを感じながら、僕は跳ねるように布団から飛び起きた。

急いだので、いつもよりも三〇分近く早く学校に着いた。外は夢と同じように雨が降っていたので、ズボンの裾も靴下も濡れてしまったが、気にならなかった。誰もいない教室に鞄《かばん》を置き、足早に職員室に向かう。

ノックをすると、中から「どうぞ」という声が聞こえた。扉を開くと、中にいる教師達は既に慌ただしい雰囲気を漂わせながら、それぞれのデスクで何やら作業をしている。入口に一番近い場所に席を持つ体育の若木《わかぎ》先生が振り向いた。

「おお、ホズミか。どうした、早いな」

「えっと、星野先生は……」

「ああ、それなら」

若木先生が体を捻《ひね》るのと同時に、

「ここだよ、ホズミ君」

との声が右手側から上がった。振り向くと、教室で見せるのと同じ微笑を浮かべた星野先生が、小さく手を振っていた。若木先生に頭を下げてから、そちらに向かう。

「ホズミ君が俺の所に来てくれるなんて思わなかったなぁ。どうしたの、授業で分からない所でもあった？」

「いえ、あの……」

もっと、話の切り出し方を考えてから来るんだったと後悔した。目の前にいる星野先生は、ついさっき見た夢とは違いシルバーフレームの眼鏡をかけていて、髪型も少し異なるが、夢と同じ人懐っこそうな微笑みをしている。左胸の彼女の心臓が、苦しく軋《きし》んだ。僕はそれに苛立《いらだ》ちのような焦燥を感じ、突き動かされるように声を出していた。

「鈴城葵花という人を、知っていますか」

星野先生は微笑みをやめるとその整えられた眉を少し上げ、ちらりと僕の目を見た後、腕を組んで目を閉じた。

「うーん、俺も一応教師として日々沢山の人と接しているからね。名前だけで記憶のデータベースを漁るのは時間かかるよ。何か他にキーワードないの？」

これまで、夢で見知った彼女に関する事は僕の中だけに大切に留《とど》めていたので、それを他者に話すという事に多大な躊躇《ちゅうちょ》を感じる。それでも僕は、目の前にいる彼女との接点から、何としても情報を引き出したかった。だから、夢で見た、彼女が通っていた高校の名前を出した。

「そこで、演劇部に所属していた……」

「ああ……」

星野先生は腕を組んだまま、ゆっくりと瞼を上げた。しかしその目は伏せられたまま、どこか遠くを見ているようだった。

「知って、いるんですか?」

彼の瞳が動き、僕に向けられる。その顔に、いつもの微笑みはなかった。

「キミは、彼女と知り合いなのかい?」

緊張で乾いた唇を舐《な》め、細く息を吸う。嘘をつく時は、視線を逃がしてはいけない。

「実は以前、その人と文通をしていた事があって」

「はは、文通とは随分古風だね」

「でもある時から、全然連絡が取れなくなったんです」

「うん」

「で、風の噂《うわさ》で、その人が、亡くなったと、聞いて……」

「……うん」

「どうして、亡くなったんだろうって、ずっと気になってて」

「……そうか」

先生は溜息を吐き出すようにそう言うと、再び目を閉じた。

「本当は、他の生徒の情報を無闇に話すべきではないんだけど、キミには、話していいだろう」

気付けば、痛いくらいに両手の拳を強く握っていた。心臓の鼓動が速くなっていた。

固唾を呑んで言葉を待った。

「彼女の事は、本当に驚いたし、とても残念だったよ」

先生は、遠くの哀《かな》しみを見据えるように、静かな表情だった。

「明るくて真っ直ぐで、周りを笑顔にしてくれるような、すごくいい子だったから」

「……はい」

「だから、本当に、驚いた」

続く言葉に僕は、体中の力が抜けて周りの空気がガラガラと崩壊していくような錯覚を感じた。

嘘だ、と叫ばなかったのは、その声を出す力さえなかったからだと思う。

でも、信じられなかった。

どうして。

なぜ、あんな幸せそうな彼女が。

「彼女は、自殺したんだよ」

◀◀

これは、どういう事なんだろう。

「あら、鈴城さん、星野先生を知ってるの？」

「あ、いえっ」

豊橋先生に訊《き》かれ、とっさに首を振った。いつの間にか、胸の中のウサギさんはいなくなっていた。

「あの、噂で、聞いていたので……」

今はそういう事にしよう。いや、きっと本当に、無意識のうちに噂で名前を聞いていたんだろう。

「あぁそうなのね。星野先生、噂になってるそうよ」

「はは、恐縮です」

そのイケメン先生は、優しく笑って私の方を向いた。

「キミは、このあいだ職員室の前にいた子だね。これからよろしくね」

「あ、う、よ、よろしくお願いします」

私の意思で行った訳じゃないんですと言いたかったけど、言えるはずもなかった。

自分の顔が熱くなっていくのを感じて恥ずかしい。

その後、みんなで一通りの自己紹介を終えると、いつもの練習メニューに戻った。

星野先生は教室の隅で、豊橋先生から台本を見せられながら何か説明を受けている。

女子部員達が何か囁きながら、熱のこもった視線でチラチラとそちらを見ているのが分かる。反対に、男子部員はつまらなさそうな顔をしている。

やっぱりこうなってしまうんだ、と私は少し落胆した。星野先生は何もしていないし、悪くない。でも、その場にいるだけで、そこの雰囲気を変えてしまう人というのはいるんだ。これでは女子部員達は、ただでさえ人気のない汚れ役をやりたがらなくなるかもしれない。星野先生を意識してしまって、大きな声も出せなくなるかもしれない。最悪、そういう変化を嫌に感じた男子部員が辞めてしまうかもしれない。

一年の自分が部をまとめているわけでもないのにそんな危惧を感じながら、どこかギクシャクとした雰囲気で進む部活の空気に、私は流されるしかなかった。

部活を終えて帰ろうと玄関まで行くと、傘立てから私の傘がなくなっていた。誰かが間違って持って行ったか、故意に盗んだんだろうか。

「えぇ、ウソでしょ……」

二千円くらいしたお気に入りのやつだったのに、と泣きそうになる。外はざあざあと大粒の雨が降っていて、止《や》む気配もなければ、走って帰れるような隙もない。絵里が部活を終えるのを待って傘に入れてもらおうか、なんて考えていると、後ろから声をかけられた。

「キミは確か、鈴城さんだっけ。どうしたの、そんな所で」

「傘が、なくなってて」

振り返ると星野先生がいた。手に鞄を持っている。

「え、この雨でそれは大変だね。俺もちょうど帰る所だから、車で送るよ。ちょっと待ってて」

「えっ、そんな、悪いですよ！」

「いいっていいって、この学校の事とか演劇部の事とか、生徒からも話を聞きたかったんだ。いい機会だからさ、頼むよ」

頼まれてしまうと、断りづらい。私は渋々頷《うなず》いた。

先生の車はすぐに玄関近くに停《と》められ、雨の中で助手席のドアが中から少し開けられたのが見えた。先ほど渡された傘を差してそこに駆け寄り、シートを濡らしてしまわないように傘を畳みながら慎重に素早く乗り込んだ。

「梅雨入り初日からすごい雨だねぇ」

先生は軽やかに笑うと、私がシートベルトを締めた事を確認してから滑らかに車を発進させた。その頭や肩や腕が雨に濡れているのが見える。職員用の出入り口から駐車場まで、そこそこの距離があったはずだ。

「すみません、傘をお借りしちゃったから、先生が濡れちゃいましたね」

「いいってこれくらい。かわいいキミを守れたんならね」

突然の言葉に胸が甘く疼《うず》いた。今ここにウサギさんがいなくてよかった。

「女子生徒相手に、あんまり不用意にそういう事言わないほうがいいですよ」

「ははっ、そうか、ごめんごめん」

家の場所を訊かれて答えると、先生は「了解」と言ってハンドルを操作した。ワイシャツの袖をヒジまで捲《めく》っていて、そこからすらりと伸びるその筋張った綺麗な腕や指に、女の子達がときめいてしまうのも分かる気がする。今の境遇が私じゃなく絵里だったら、卒倒してしまうんじゃないだろうか。思わず心臓の鼓動が速くなってくるのが何だか恥ずかしくて、私は窓の外を見るともなく眺める。

星野先生は丁寧に車を運転しながら、私に学校や部活や他の先生の事を訊いた。会話が途切れないように適切なタイミングで相槌《あいづち》や話題転換を入れてきて、時折ジョークも交えながら、楽しく会話を展開するのが上手《うま》い人だった。実際私も何度か笑った。それだけで、心の中の警戒の糸がするりするりと解かれていくような気がするから、不思議だ。そしてその間隙に、彼の甘い声は淀みなく侵入してくる。

「鈴城さんは、兄弟とかいるのかい？」

「いませんよ。一人っ子です」

「そうか。じゃあさぞかし親御さんに沢山かわいがられてるんだろうね」

「どうですかねぇ。お父さんはあんまり喋《しゃべ》らないから何考えてるか分からないし、お母さんも仕事とか家事とかで忙しい人だからなぁ。先生はご兄弟いるんですか？」

「妹が一人だな」

「へえ、いいなあ。やっぱり妹ってかわいいですか？」

「ナマイキなだけだよ。でも大人になって離れてみると、やっぱり大切な家族だったんだなって、気付くけどね」

「そういうものなんですね」

そんな話をしていると、車は私の家の前を通り過ぎてしまった。慌ててその事を告げると、星野先生は笑いながら謝り、慣れた手つきでギアをバックに入れる。注意を示すブザーが車中に響く中、先生が体をこちらに向け、左手を私の方に伸ばしてきた。ドクンと大きく心臓が跳ね、体が硬直する。

彼は私が座るシートのヘッドレストを摑《つか》み、体を捻って座席の間から後方を見ると、右手でハンドルを操作しながら車を後退させていった。その横顔を、首筋を、ちらりと見て、すぐに視線を逃がす。止めていた息を、聞こえてしまわないようにそっと吐き出す。無性に恥ずかしくなる。これでは私も、職員室の前で集まって騒いでいた絵里や女の子達と、同じじゃないか。

やがて車は私の家の前で止まった。雨脚は依然として弱まる気配を見せず、玄関まですぐだからと遠慮する私に、「女の子を少しでも雨に打たせる訳にはいかない」と、先生は彼の傘をそのまま持たせてくれた。お礼を言い、それを差して車を降りる。門の前で運転席に向かって再度頭を下げると、車の窓が開いて星野先生が顔を出した。

「今日は沢山話してくれてありがとね。色々知れて助かったよ。いつかまた、こうやってキミと一緒に帰れたらいいな。じゃ、また明日」

私の反応を待たずに軽く手を振って、先生の車は静かに走って行った。胸の辺りに、もやもやとした熱がこもっているのを感じ、それを吐き出すように私はゆっくり深呼吸をする。ときめいては、ダメだ。

ウサギさん、来てくれないかな。

▶▶

僕はその日、学校をサボった。

星野先生に頭を下げてから、そのまま担任のいるデスクに移動し、登校はしたが気分が悪いので休む旨を告げた。担任は大げさに心配しながら、それを承諾した。足を引《ひ》き摺《ず》るように廊下を歩き、既に何人か生徒が入っていた教室から鞄を持って出て、玄関に向かう。途中の鏡で見た自分の顔は、亡霊のように蒼白《そうはく》になっていた。これなら突然の不調の訴えにも説得力があっただろう、と思いながら、登校してくる生徒達の傘の流れに逆らうように歩いた。

カーテンを閉めたままのアパートの暗い自室でしばらくぼんやりと過ごし、ふと思い立って私服に着替えた後、図書館に向かった。書籍やインターネットで調べると、自殺者の臓器は、親族以外への提供であれば法律的に問題ないという事は分かった。しかし医学的には、移植可能な臓器であるためには脳死状態でなければならず、自殺の場合にそうなる事は稀《まれ》なケースであるようだった。彼女がどのような手段で自らの命を絶ったのか、そこは訊けなかったし、もし星野先生がそれを知っていたとしても、さすがにそこまで踏み込んだ所を話してはくれないだろう。それに、彼女の最期の詳細など、今は考えたくも、なかった。

ＰＣのディスプレイを眺めながら、本のページを捲りながら、呼吸をしながら、心臓の鼓動を聞きながら。心が、冷たく灰色にくすんでいくのを感じていた。

彼女は。葵花は。僕の好きな人は、何年も前に死んでいる。それは初めから知っていた。けれど、輝くような世界で生きていた彼女の最期が、彼女が自ら望んだものだったという事実は、僕の目の前を暴力的に暗くさせる。

ふらふらと図書館を出て、傘も差さずに五月雨に打たれながら、誰もいない図書館裏の公園のベンチに腰かけた。雨は柔らかな滝のように僕の全身を叩き、涙を見えなくさせる。

「自分で、知りたくて、訊きに行ったくせに……」

呟くような声は雨音に掻《か》き消《け》されていった。

彼女は僕の、生きる理由だった。命の喜びに満ち溢れる彼女の心臓と記憶に、この体を明け渡せたらどれだけいいだろうと思っていた。でも彼女は、死を望んだんだ。それだけの何かが、彼女をそこに追い込んだ。一体、何が——。

雨の勢いが弱まった。少し顔を上げると、公園の端の花壇に、タチアオイが数本揺れていた。ベンチから立ち上がり、そこに近付く。まだその花は足元くらいの高さにしか咲いていないが、雨に打たれても項垂《うなだ》れる事なく、空に向かって凜《りん》と立ち、胸を張るように懸命に花を開いている。

彼女は、この花のような人だった。あるいは、彼女自身がそうありたいと願っていたのかもしれない。そんな彼女が、自らの意思で折れるなんて事が、あるんだろうか。

ゆっくり大きく息を吸い込むと、自分の胸の中に決意の灯火が宿るのを感じた。今更ながら傘を開き、歩き出す。

それが、悲劇であろうと。

僕は、真相を知りたい。

帰宅後、シャワーを浴びて着替えた。ケータイで、彼女の住んでいた県名と、通っていた学校名を入れて検索し、最寄り駅とそこへの乗り換え経路を調べる。ここからなら、二時間半ほどで行くことができそうだった。今から出発すれば、昼過ぎに着けそうだ。僕は簡単な荷物だけ持って、追い立てられるように部屋を出た。

平日の日中の電車は閑散としており、数度の乗り換えを経て、車窓に打ち付ける雨の模様を眺めていると、程なくして目的の駅に到着した。葵花は、少なくとも僕の見ていた夢の中では電車を利用しない人だったので、この駅に見覚えはない。ケータイで地図を開き、まずは高校に向かった。

傘を差して二〇分ほど歩くと、見慣れた校舎が見えた。今は授業中なのだろう。閉まっている門の前に立って校舎を眺めると、あの夢はやはり僕の妄想ではなく、現実にあった事の追体験なのだという感慨が湧き上がった。

くるりと振り返ると、彼女がいつも歩いていた通学路が見えた。夢で見ていた記憶を辿るように、その道を歩く。住宅街を抜けると、川沿いの土手に上る坂道がある。道端にタチアオイの群生するその坂を上ると、急に視界が開けた。

葵花が生きて、歩いていた場所に、今自分がいるんだ。その感動に、彼女の心臓を閉じ込めている胸が震えた。

夢で見た風景と一致させながら土手を歩き、再びタチアオイの坂を下る。アジサイの咲き乱れる公園を過ぎ、住宅地を少し歩くと——

「ここだ……」

足を止めた家には、「鈴城」の表札がかかっていた。彼女の心臓が懐かしがっているのか、あるいはただの僕の緊張か、胸の熱い高鳴りを感じた。

中に人がいるのだろう、音や明かりから生活の気配を感じる。震える指を深呼吸で鎮め、呼び鈴を押した。

「はあい」

穏やかな声の後、やがて玄関の扉が開き、エプロンを着けた五〇代くらいの、優しそうな顔の女性が現れた。僕という個人は、その人を知らない。でも、

「お母、さん……」

気付くと僕の目から、涙が溢《あふ》れ出《だ》していた。

⏪

今日も朝から、雨。そして、ウサギさんもいない。

玄関の軒先に立って溜息をつき、昨日星野先生に貸してもらった傘を左手にぶら下げ、家に置いてあったビニール傘を開く。パリパリと音を立てて開いた半透明のビニ

ールは、少し黄ばんで汚れていて、ちょっと恥ずかしい。そこに雨粒がぱたぱたと当たった。

私の傘は、返ってくるんだろうか。もう、持ち運ぶのは安いビニール傘にしようか。そんな事を考えながら土手を歩いていると、後ろから絵里の足音が聞こえた。

「おはよぉ葵花」

元気のない声に振り向くと、彼女の髪がボサボサになっていて、思わず噴き出してしまう。

「あっ、笑ったな！」

「ごめんごめん。おはよ、絵里」

絵里は傘を持っていない手で髪を撫《な》でつけながら私の隣に並ぶ。

「もう湿気で全然髪がまとまらなくて最悪だよ。葵花はいいなぁ、さらさらで。あれ？」

彼女は私の差す傘を見上げ、左手にぶら下げたもう一本の傘を見下ろした。

「その傘どうしたの？　男物？」

「ああ、これは」

昨日の事を話した。自分の傘がなくなり困っていた所を、演劇部に顔を出していた星野先生が来て車で家まで送ってもらった事。その時に、この傘を貸してもらった事。

「えええ、なにそれズルい！　抜け駆けー！」

「えぇ、そんなつもりはないよぅ」

「葵花、気になる人がいるって言ってたじゃん！」

「いや、それは、そうなんだけど、だから星野先生とはそういうんじゃ全然なくて」

「私なんて名前もまだ知らなかったのに……普通に名前呼んでるのも、なんかムカつく」

「えぇ……ゴメン」

それきり絵里は不機嫌になってしまい、黙り込んでしまった。昔から感情的になりやすい子ではあったけど、話さなければよかったと、心が沈む。気まずい無言のまま、校門を抜け、下駄《げた》箱で靴を履き替え、教室まで辿《たど》り着《つ》いた。その日はそのまま、絵里は口をきいてくれなかった。

演劇部には、今日も星野先生が顔を出した。その瞬間に、部屋の空気というか、部員達の表情や動作が放つ雰囲気が変わったのが分かった。星野先生はストレッチをしていた私と目が合うと、にこりと微笑んだ。思わず視線を逸《そ》らしてしまう。……後で、傘を返さないと。

みんながどこかぎこちないまま部活時間が終わると、示し合わせたように女子部員達が星野先生に群がって行った。住んでいる場所や恋人の有無などを訊いてきゃーきゃー言っている。星野先生はにこやかにそれに応対し、豊橋先生も「あらあら」と笑いながらその様子を見ている。私はそれを横目に荷物をまとめ、そそくさと多目的教室を出た。

制服に着替えた後、職員用玄関の近くの暗い廊下で、自分のビニール傘と、先生の傘を持って、壁に背を預けていた。お礼の言葉を書いたメモでも添えて、職員室の先生の机に置いておこうかとも思ったけど、それではあまりに不躾《ぶしつけ》な気がしてこうして星野先生を待っている。でも、今朝の絵里の事もあり、あの人と関わる事はなるべく避けた方がいいな、と思っていた。用が済んだら、すぐに帰ろう。

やがてコツコツと靴音がして、鞄を持った星野先生が現れた。まだここでは正式な教師ではない星野先生は、他の先生よりも早く帰っているようだった。

「あれ、鈴城さんじゃないか。もしかして俺を待っててくれたの？」

「はい、これをお返ししようと思いまして」

昨日借りた傘を差し出すと、彼はそれを受け取った。

「はは、こんなのさっきの部活時間に渡してくれればいいのに。それとも、俺と二人になりたかった？」

急に顔を近付けた先生から慌てて距離を置いて、頭を下げる。自分の意思とは関係なく音を立て始める胸が、少し憎い。

「いえ。ではこれで、失礼します」

「冷たいなぁ。何かあったの？　昨日は楽しく一緒に帰った仲じゃないか」

「いえ、ホントに、何もないので。さようなら」

生徒用の玄関に向かう為に彼の横を通り過ぎようとした時、先生の声の調子が変わった。

「ごめん、俺が気付かないうちに、何か嫌な思いをさせちゃったのかな……。生徒と仲良くなれるように頑張ってるつもりなんだけど……ダメだな、俺」

沈み込んだような声に、足が止まってしまった。

「……いえ、先生は、何も悪くないんですけど。ただ、あなたといると、私が友達に、嫌われてしまうので」

「どうして？」

視界の端で、先生の体が私の方を向いたのが見えた。どうして、と言われても、何て答えればいいんだ。

「俺は」

先生の腕が動いた。ダメ。

彼の手が、私の髪に触れた。ダメ。

「俺はキミと、仲良くなりたい」

触れられた箇所が、熱をもっていくように感じる。心を動かしては、ダメだ。

ウサギさん、どうして来てくれないの。

▶▶

自分の事を「お母さん」と呼んで突然泣き出した見知らぬ男子高校生に対し、葵花の母親は真っ当な反応をした。

「……すみませんが、どちら様でしょう？」

「あのっ！」

僕は傘を握っていない右手でシャツの首元のボタンを一つ外し、喉元から延びる傷跡を見せて言う。

「僕は、葵花さんの心臓を移植してもらった、レシピエント、です」

僕の言葉を受け、葵花の母親はゆっくりと目と口を大きくし、両手を口元に当てた。その目から雫がすうっと線を引いて流れる。

「ああ……、あなたが、そうなのね。何度も、移植コーディネーターさんを通してお手紙を出そうかと、ずっと迷っていたのよ」

母親はそう言いながらゆっくりと僕に近付き、両手で僕の肩をそっと掴んだ。その髪や肩や腕が、しめやかな雨に濡れていく。

「お母さん、雨が……」

「今日はどうしたの。どこから来たの。ああ、それよりも、そうね、どうか上がっていってちょうだい」

優しく腕を引かれ、僕はその家に上がった。仄暗《ほのぐら》い玄関にも、古びて黒ずんだ木の床や壁にも、力ない照明が落とす影のそこここにも、僕の目は見たことがないはずのその全ての風景で、苦しいような郷愁に胸が軋むのを感じた。

通された静かな和室には、微かに線香の匂いがする。奥に扉の閉められた仏壇があり、それを見た僕の背を冷たいものが走った気がした。夢の中で見ていたそこには、そんなものは、なかったから。

「あの……これって」

「ええ。よければ、ご挨拶してもらっても、いいかしら？」

静かに頷くと、母親は仏壇の前に座布団を敷きそこに丁寧に正座をした。腕を伸ばし、仏壇の扉に手をかける。そしてゆっくりとそれを動かすと、音も立てずに開いたその木の扉の奥に、葵花の笑顔の写真があった。

ゆっくりと深呼吸をし、心を落ち着かせる。大丈夫、分かっている。彼女は死んでいる。僕が彼女を知るよりも前に、葵花は、死んでいる。だから僕は今、ここにいるんだ。

「葵花、あなたの命を受け継いでくれた人が、遊びに来てくれたわよ」

母親に促され、今度は僕が座布団に座った。「お作法とかは、気にしなくていいからね」とかけてくれた言葉はありがたかった。

よく分からないまま火を灯した線香を供え、お椀《わん》型の鐘を鳴らすと、涼やかな音が部屋を包むように広がっていった。その心地よい音の中で、目を閉じて静かに手を合わせると、それが自分の中の葵花の死を認める儀式のような気がして、歯を食いしばっても喉の奥から情けない呻き声が漏れ出た。どうして。どうして、葵花は。

「ありがとうね、葵花のために泣いてくれて」

振り返ると、夢で見ていたよりも随分歳《とし》を取ったように見える母親に、そっと頭を撫でられた。その言葉に僕は、自分が泣いている事に気付いた。

「お母さん……私は、どうして……」

声は震えていて、心臓が、痛いくらいに強く鳴っていた。私は腕を伸ばし、母の体にすがり付いた。

「どうして私は、死んじゃったの……」

母は驚いたように目を丸くしながらも、すぐに優しく私の頭を抱いてくれた。その胸に顔を埋めて、私は声をあげて泣いた。ずっと溜《た》め込《こ》んでいたものが決壊したように、母の柔らかなカーディガンが涙で濡れるのも止められずに、私は、泣き続けた。

気が付くと、いつの間にか眠っていたのか、僕は畳の上で体を横にしていた。二つ折りの座布団が枕代わりに頭の下に敷かれ、体には毛布がかけられていた。夢を見たような気もするが、もう忘れてしまっていた。それが葵花の心臓の記憶なのか、ただの僕の夢なのかも分からない。

体を起き上がらせると、台所にいた葵花の母親が手を拭きながらこちらに歩いてきた。

「あら、起きた？　疲れてたのかしらね。もっと休んでてもいいのよ」

「すみません。初めてお邪魔した家でいきなり寝るとか、すごい失礼でしたね、僕」

僕の言葉に、母親はふふふと柔らかに笑った。

「いいのよ、自分の家だと思ってくつろいでちょうだい」

「ありがとうございます。それで、あの……」

僕が姿勢を正すと、母親も僕の向かいに正座した。

「人伝《ひとづて》で、葵花さんは……自分で、命を絶ったと、聞いて」

母親が苦渋に顔をしかめるのが見えて、胸にズキンと痛みが走る。

「彼女に何があったのか、知りたくて、今日は来たんです」

「そう……。そう、よね」

沈鬱な表情で体を屈《かが》ませていく母親を見て、慌ててかぶりを振った。

「あのっ、お辛いなら、もちろん無理にとは言いませんので」

ふふ、と力なく笑ってから、母親は背を正す。

「あの子と一緒で優しいのね。大丈夫よ。ずっと、誰かに聞いてもらいたかったくらいなんだから」

そう言って、真《ま》っ直《す》ぐに僕の目を見た。

彼女の生家を叩く夕暮れの雨は、優しい音で僕達《ぼくたち》を包み込んでいた。

◀◀

頼りない照明の灯る仄暗い廊下で、星野先生に髪を撫でられ、体を硬直させていた。

「寂しいんだよ、俺。人に囲まれていても、心はいつも、どうしようもなく独りなんだ。でも、キミとなら」

駆け出して逃げ出したいのに、鼓膜を震わす彼の囁きや、指で触れられる感触が、茨のように腕に脚に絡みつき、甘く、痛く、縛り留めてくる。体が熱く、心臓が苦しく跳ねている。

先生も、寂しいのだろうか。私がそれを、和らげられるのだろうか。

それは、触れられない初恋なんかよりも、よほど——

私の指が、星野先生の胸元に触れそうになる時、胸の中に熱い塊が浮かび上がった。

はっと息を呑む。

先生の手を振り払い、私は数歩だけ駆ける。振り返って頭を下げ、再び走り出した。

先生は何も言わなかった。

胸はばくばくと暴れ、顔が燃えるように熱い。

「ウサギさんっ、違うんだよこれは、違うんだ」

生徒用の玄関まで辿り着くと、そこの廊下に背中を預けて座り込み、乱れた呼吸と鼓動を整えた。

気付くと、胸の温もりは跡も残さず消えてなくなっていた。

「もう。誰なの、君は……。私をどうしたいの？ 私は、どうすればいいの？」

両手で顔を覆い少しだけ泣いた後、誰もいない帰路を一人、ビニール傘を差して歩いた。

家族の前でいつものように振舞うのが、少し、苦しかった。

次の日、傘を差していつもの通学路を歩く。

今日も星野先生は部活に来るだろうか。どんな顔をして会えばいいのだろう。今日は金曜日だから、土日を挟んで、来週から星野先生が正式に臨時教師として数学の授業を開始する。どんな風に接すればいいのだろう。いつもはお休み前で心がうきうきする金曜日も、昨日の絵里や星野先生との事があり、今日は気分が沈んで仕方ない。

後ろから、いつもの足音が近づいてくるのが聞こえた。絵里だ。心が萎縮するように感じる。

「葵花っ」

名前を呼ばれ振り返ると、絵里は泣き出しそうな顔をしていた。

「昨日は、ごめん。なんかめっちゃ感情的になっちゃってた。冷静になったら、すごいくだらない事で友達を失う所だったって気付いたよ」

「あはは、いいよ別に。絵里が感情的になるのは、昔からの事だから」

笑って言いながら、私は心の底から安堵《あんど》の息を零した。小学校の頃からの付き合いであるこの友人を失うのはとても辛いと、私も思っていたから。

いつものように他愛のない――でもそれがとても楽しい――会話をしながら、二人で傘を差して学校への道を歩く。さっきまで感じていた憂鬱は既になくなっていて、友達という存在がいかに人生に大きな影響を与えているかを思い知った。この子との繋がりをずっと大事にしよう、と、私は雨に揺れて立つタチアオイを眺めながら改めて感じた。

「そういえば亜子《あこ》が行ってる高校、上履きが靴じゃなくてスリッパなんだって！　あり得なくない？」

「あぁ、そうなんだ。制服の足元が靴じゃないと引き締まらない感じするよね。でも最近そういう学校多いってテレビで言ってたよ」

「えぇー、なんでそんな訳の分からないルールにしちゃうかなぁ大人ってやつは」

「あははっ、そうだねぇ。うちはスリッパじゃなくてよかったね」

そんな会話をしながら靴を脱ぎ、下駄箱に入れていた上履きを取ろうと指を動かした時、

「痛っ」

中指の腹に何かが刺さるような鋭い痛みを感じ、慌てて指を引っ込めた。心の底に、恐怖や不快感が冷たい水のように浸《し》み込んでくるのを感じる。

ちらりと絵里の方を見ると、こちらには気付いていない様子でクラスメイトと挨拶をしている。その姿と、今私の心にウサギさんがいないことに少しホっとしながら、そっと上履きを覗《のぞ》き込《こ》んだ。二つの靴の内側の、カカトが当たる箇所に一つずつ、金色の画鋲《がびょう》がテープで留められていた。すぐにそれを剝がして、針が刺さらないよう気を付けながら左手の内側に隠す。爪先の方には何も入れられていない事を確認してから靴を置き、それを履いた。

深く息を吸って、ゆっくりと吐く。これは、何だ。私への嫌がらせか。

自分に向けられた明確な悪意に、心臓が縮こまるような恐ろしさを感じる。それと

同時に、ムカムカと腹が立ってもきた。私が何をしたっていうんだ。これをやった人にとって、私は何か気に入らない所があったんだろう。それなら、私に直接文句を言えばいいじゃないか。こんな間接的な伝え方をされても、何が悪かったのか分からないし、改善のしようもない。私が傷つくだけで、何の進展もない。

「葵花、難しい顔してどした？」

絵里に声を掛けられ、自分が眉をひそめている事に気付いた。ハッとして首を振る。

「あっ、いや、何でもないよ」

とっさにごまかしてしまった。この感情豊かな友人にこのことが知れたら、大げさに騒がれて拡散されてしまう気がして、何となくそれが怖かった。

左手に握っている画鋲とテープの、心をザラリと舐めるような冷たい感触を感じながら、私は再び深呼吸をした。

⏩

「葵花は、正確には自殺ではなくて、自殺未遂だったの」

「え……」

僕の耳から、雨の音が消えたような気がした。耳が、心が、全身が、母親の語る言葉に集中していくのが分かる。

「三年前の、こんな風に雨の降る日だったわ。家に誰もいない時、自分の部屋で、電気の延長コードで首を吊《つ》ったみたいでね……。でも、コードを引っかけていた、天井の屋根裏への点検口が壊れて、息絶える前に、葵花の身体は床に落ちたのよ。その状態で、仕事から帰ってきた私が発見したから、すぐに救急車を呼んで、病院に運んだの。でも、葵花の意識はずっと戻らなくて。やがて、脳死と判定されたわ」

彼女の母親は、どこか遠くを見ているような目をしていた。その視線の先には、遠き日の娘の笑顔や思い出が映っているのだろうか。

「あの子が、ドナーカードを持っているのは前から聞いていたし、知ってはいたんだけど、人工呼吸器を付けて眠り続ける葵花の前で、何度も何度も、何日も悩んだ。誰かを救いたいという葵花の立派な意志を尊重してあげたい。でも、あの子は私にとって大切な娘で、手放したくない。でも、沢山の管と機械に繋がれて体だけ生かされている葵花を、楽にもさせてあげたい、って」

母親は右手で口元を押さえた。その声に震えが混じる。

「一人で逝かないで、話して、欲しかった。辛いなら、学校なんて行かなくてもいいし、何でもしてあげるのに。生きてさえいてくれれば、いくらでも、やりようはあったのに。どうして……」

そう言ってさめざめと泣く目の前の人に、何と声をかけたらいいのか分からない自分が、情けない。しばらく逡巡《しゅんじゅん》したが、ずっと気になっていた事を訊いた。

「あの……遺書とかは、ありましたか？」

母親は静かに首を振った。

「落ち着いた頃に、あの子の部屋を整理したんだけど、そういう物は見つからなかったわ。その頃、少し元気がないようには感じていたけど、そこまで自分を追い詰めていたなんて……。気付いて、あげたかった」

深く細い溜息のような呼吸をして、母親は伏せていた目をゆっくりと開けた。

「でも、あれから何年も経った今では、あの子の、自分が終わってしまっても誰かの役に立ちたいという意志を、誇りに思うわ。だって、それによってあなたが救われて、こうして遊びに来てくれたんだもの」

そう言って、目尻に優しい皺《しわ》を寄せて微笑んだ。この人の喪失の深い哀しみと、葵花の命の輝きに見合う価値が、僕にあるのだろうかと、申し訳ない気持ちになってしまう。

「……色々言ってしまったけれど、ドナーの事は気にしないで、あなたには、あなたの人生を歩んで欲しいとも思っているの。葵花を想ってくれるのはとても嬉しいけれど、あの子が遺《のこ》したものにあなたが縛られるのは、葵花が望む事では、ないと思うから」

僕の事を考えてくれているありがたい言葉だったが、それはできそうになかった。

彼女の心臓によって生かされているという事実も、その心臓が否応《いやおう》なしに見せてくる彼女の記憶も、そこで彼女が見る景色や彼女自身の美しさも、もはや僕にとってかけがえのないものであり、彼女がそれを望むまいが、彼女の存在に縛られる事は、僕の望む事だったから。

遠いだろうから泊まって行きなさい、夕飯も作ってるから、と母親に勧められ、さすがに申し訳ないので何度か遠慮したが、明日は土曜で高校が休みである事と、もう少し葵花の事を知りたい気持ちに負け、甘えさせてもらう事にした。いや、それだけではなくて、もしかしたら、母親という存在や家庭の温かさに、僕は飢えていたのかもしれない。感謝を告げてから、自分の母親には嘘の帰宅連絡を送った。

葵花に想いを寄せる一人の男としては、彼女の父親と対面する事には少なからぬ躊躇《ためら》いと緊張があったが、母親から事前に連絡が行っていたのか、帰宅するなりその硬い腕で僕は抱き締められた。夢の中で見ていたように、物静かだけれど優しく強く娘を愛していた父親である事が、その腕がもたらす痛みから感じられ、僕は彼のスーツのジャケットを涙で少し濡らしてしまった。

彼女の思い出話を聞き、時々彼女の失敗や逸話に笑いながら、温かな夕飯を頂いた。ここは温かく、穏やかで、優しくて、愛に満ちているよ、葵花。なのに君はどうして、そんな結末を選んでしまったんだ。僕がその場にいれば、君を絶対に独りになんてしないのに。

未使用だから大丈夫と母親から何度も念を押されながら、父親用に買っておいた物なのであろう男物の下着やパジャマまで貸してもらい、風呂にも入らせてもらった。浴槽に体を沈めてヒザを抱えながら、かつてはここで葵花も……という邪念を必死で振り払った。そういうシーンを夢で見ていないのは幸いだったかもしれない。

仏壇のある和室に来客用の布団が敷かれ、僕はそこで眠る事になった。空いている部屋がここと葵花の自室しかないらしく、仏間で来客を寝かせる事を母親はしきりに謝っていた。でも、僕としてはそんな事はまったく気にならないし、娘の大切な思い出が詰まっているであろう葵花の部屋を使わせてもらう訳にもいかない。それにここは、きっと今一番、彼女を近くに感じられる場所のように思えて。

布団に潜ると、緊張や移動のせいか体が疲れているのを感じ、眠りはすぐに僕を意識の海の底に沈めていった。

そしてまた、夢を見た。

●第二章　変える、未来。

◀◀

放課後の演劇部は、前日までとまるで変わらない空気で進行した。

いや、それはそうだ。この空き教室に足を運ぶのを躊躇わせた昨日の問題は、私と星野先生の二人の間だけのものであり、当の星野先生は何もなかった顔で今日も顔を出して女子にきゃーきゃー言われている。昨日の事は私が白昼夢でも見ていたのだろうかと思う程、先生の態度は普通だった。それでも、髪に触れられた感触や、耳元で囁かれた彼の孤独は、一夜明けた今でも鮮明に体に残っていて、だからこそ私の煩悶《はんもん》も知らないように何食わぬ顔で現れた星野先生に、少しの不満を抱いたりもした。

でも、何事もなく過ぎ去って、いつもの日常に戻るのなら、それが一番いい。そう思っていた。けれど、そうはいかなかった。

部活時間を終えて、家に帰ろうと生徒用の玄関に向かった。ガラス窓から見える外は今も雨が降っていて、今日も外靴や靴下が濡れる事を溜息と共に覚悟しながら下駄箱を覗くと、そこにあるはずの自分の靴がなかった。

ぞわり、と、自分の心を冷たい手に掴まれたような心地がした。

今朝、自分の上履きの中に見つけて咄嗟に左手に隠し、その後どこに処分したらいいか分からないまま鞄にしまってある、テープ付きの画鋲の存在を思い出す。誰かの明確な悪意が、私を傷付けようとしている。

ここに入れていたローファーは、高校入学時にお母さんに買ってもらったもの。お母さんにも、お父さんにも、申し訳ない。その気持ちが、私の目に涙を滲《にじ》ませていく。呼吸が乱れて、手が震える。体が外側から急速に温度を失っていくような恐怖と悲しみの中、私の内側に、ひとつの熱が灯った。こんな時に、彼が来てしまうなんて！

「あっ、あの、これは、違うんだ」

誰への弁明かも分からない独り言を震えながら発する私の唇はすぐに、私を無視して心の中の熱に突き動かされるように、次の音を紡いだ。

「僕が君を、独りにはさせない！」

力強いその音と言葉に、私の耳に入るその他の全ての雑音が、一瞬消えた気がした。

「えっ……」

自分の口が発した声に自分で驚くのは、たぶん、生まれて初めてだった。胸の熱は炎のように燃え上がり、熱いくらいに脈打っている。

「え……？」

数秒の後、驚きの声が再び私の口を動かした。でもそれは、私の意思ではなかった。

今度は、私の言葉を用意して、私の意思で、声を出す。

「もしかして、君は、ウサギさんなの？」

（……そういえばたまにその単語を言ってたけど、それは何なの？　少なくとも僕は、耳の長いふさふさの生き物じゃなくて、人間だよ？）

今度は頭の中に声が響いた。以前、知らないはずの星野先生の名前を呼んだのと、同じ声だ。私の口で話すのと、私の頭の中で話すのは、どう違うのだろう。そんな疑問はすぐに吹き飛んでしまうくらい、心は興奮で溢れた。

「すごい、私いま、ウサギさんと話してるんだ！　あ、ウサギさんってのは、たまに心の中に感じる君の存在を、私が勝手にそう呼んでるだけだよ」

（え……前から僕を、感じてたの？）

頭の骨の内側を震わせるようなその優しい声に、思わず心がくすぐったくなる。

「そうだよ、ずっと前から――」

言いかけて、玄関に繋がる廊下から話し声が近付いてくる事に気付いて、慌てて口を噤《つぐ》んだ。興奮はしているけど、さすがに一人で会話を繰り広げる姿を見られたらマズイという冷静さは残っていた。

少し迷ったけれど、私は上履きのまま傘を差し、玄関の外に飛び出した。雨はすぐに、防水性なんて欠片《かけら》もない学校指定の量産靴に染み渡り、靴下までも濡らしていく。

（うわっ、大丈夫なの？）

頭の中の声が、私を心配してくれた。

「大丈夫。明日はお休みだし！」

（そういう問題じゃ……）

実際、足がびしょ濡《ぬ》れになる事も、靴がなくなった事も、今はどうでもいいくらいに、ウサギさんと会話をできている事が嬉しくて、ニヤニヤしてしまう。自分の単純さと揺れ動く感情に、絵里の事は言えないな、と思う。雨の帰路を歩きながら、会話を続けた。

「ねえウサギさん、君は、誰なの？　名前はなんていうの？」

少し躊躇うような間を空けて、頭の声はその名を告げる。

（……ホズミ、イクト）

「ホズミ？　聞き慣れないね。どういう字なの？」

（『八月一日』って書くんだ。一日は、難しい方の『朔日《ついたち》』が正式だけど）

「へぇぇ、珍しい苗字だね。名前の方は？」

また躊躇いの間があった。

（……行く、に、兎《うさぎ》で、『行兎《いくと》』）

「えっ、ホントにウサギさんだったんだ！　あははっ」

私が笑うと、彼はすぐに不満げな声を出した。

（笑わないでよ、この名前好きじゃないんだから）

「ええ、どうして？」

（だって、男の名前に兎を入れるとか、嫌がらせだよ。子供のころ何度からかわれたか……。それに、フルネームで八月朔日行兎って書くと、なんか禍々《まがまが》しい字面なんだ。百鬼夜行、みたいな）

「あははっ」

私の前を歩いていたサラリーマン風の人が、こちらを振り向いた。慌てて傘で顔を隠す。

「いや、いい名前だと思うよ。ウサギって縁起物みたいだし。きっと、ウサギみたいに軽やかに前に進んで行って欲しい、みたいな願いがあるんじゃないかな」

（そうかなぁ）

彼は納得していないようだったけど、私は嬉しくて、心の中で何度も、彼の名前を歌うように反芻《はんすう》する。

ホズミ、イクト。ホズミ、イクト。

▶▶

「で、ホズミ君は一体何者なの？　まさか私が自分の中に作り出したもう一つの人格、なんて悲しいオチじゃないよね」

葵花に聞かれ、答えを迷った。君が死んだ後に君の心臓を受け継いだレシピエントだよ、なんて回答は、死刑宣告のようなものだ。

（それは……ある事情で、言えないんだけど。でも、決して怪しい者ではないから）

「あははっ、それ怪しい人が言うセリフだよ！」

（いやっ、本当に――）

「うん、分かってるよ。ずっと私の中で、私を大切に思ってくれてたの、分かってる」

彼女の心臓が、心地よく高鳴っているのを感じる。

「だから、君の事、知りたいんだ。さっき人間って言ってたけど、体は別の場所にあるの？　どうしてたまに私の中に現れるの？」

僕の答えを待っている。どう、答えるべきなんだろう。慎重に言葉を選びながら、彼女の中で、声を出す。

（体は、別の場所にあるよ。ちゃんと一人の人間として生活してる。詳しい理由は、僕にも分からないんだけど、僕が眠ったりで意識をなくすと、たまに君の中に入っちゃうみたいなんだ）

「へぇえ、不思議。何で私なんだろ」

葵花は少しおどけた声で、「ちょっと運命的だね」と付け加えた。

「あっ、もしかして、私が考えてる事まで伝わっちゃってる？」

（いや、それはないよ。見たり、聞いたり、触れたりする体の感覚を共有してるだけみたい）

「そっか、よかったぁ」

彼女はほっと胸を撫でおろした。僕に聞かれたらマズい事でも考えているんだろうかとも思ったが、心を覗かれるというのは、誰でも気持ちいいものではないだろう。

「えーっと、じゃあ、ホズミ君は、何歳？」

（今年で一六だよ）

「わあ、じゃあ私と同じだ！」

何も考えずに言ってからしまったと思った。彼女が生きているこの時間にいる本来の僕は、今は何歳なんだろう。

「よかった、自然にタメ口で話しちゃってたから、年上だったらどうしようかと思っちゃった。じゃあ、じゃあ、どこに住んでるの？　会いに行ったり、できるのかな？」

――なしなつめ、きみにあわつぎ――

あの短歌が頭をよぎり、胸が切なく跳ねたのを感じた。それは、君の心音？

君に、逢いたい。いつか、逢いたい。でも――

（いや……すごく、遠いから、難しいと思う）

「そっかぁ、残念……。じゃ、じゃあさ」

彼女の心臓が、苦しいくらいに速く鳴っている。頬が熱くなってくるのを感じる。

「私の中で、ずっと君を、あったかく感じてたんだけど、どうして、私を……大事に、思ってくれてたの？」

胸が詰まるように感じた。僕の鼓動は、君の心臓と結びついて、君にも聞こえているのだろうか。僕にとって君が、大切でしかたないのは——

（それは、僕が、君を——）

突然接続が切れたように視界がブラックアウトし、ハッと目を開くと、まだ弱々しい朝日の差し込む和室の天井が見えた。細かな雨が、彼女のいない家を叩いている音が聞こえる。

「あ、ああ……」

目を閉じると、涙が一筋伝って耳を濡らした。左胸の心臓が、まだドクドクと音を立てて脈打っている。

布団から上半身を起こし四《よ》つん這《ば》いになると、右手を伸ばして頭の方にあった仏壇の扉をそっと開けた。彼女がもうここにいないという事の証明のように、昨日見たのと変わらない彼女の笑顔の写真が、そこにあった。

「葵花……」

あの夢は、本当に、彼女の記憶の追体験なのだろうか。なぜそこに、僕が干渉できるのか。あの時間は、過去に繋がっているとでもいうのか。いや、ただの夢だ、そんな馬鹿な事があるか。

でも、もし。

もし、あの夢の中で、葵花の悲しい選択を防ぐことができるなら。

彼女の未来を、変える事ができるのでは——

そう考えた時、左胸の辺りに強く捩じ切られるような激痛が走った。

「ぐうっ！　があぁ！」

畳に額を押し付け、痛む胸元のシャツを握りしめる。全身から汗が噴き出し、喉が潰されたように息ができなくなる。幸い痛みはすぐに消え去り、同じ姿勢のまましばらく呼吸を整えた。

僕は、彼女の心臓によって生かされている。もし過去が変わって、葵花が救われるなら、彼女が生きる世界に、僕は……

「なしなつめ、きみにあわつぎ、はうくずの、のちも、あわんと……」

彼女の好きな短歌を呟く僕の声は、細く、震えていた。

君に、逢いたい。いつか、逢いたい。でも、僕と君の道は、どうやったって、交わらない。

それでも、僕は……

«

「あっ……」

帰路を歩くびしょ濡れの上履きが、いつもの土手に差し掛かった所で、胸の中の熱がふっと消えたのを感じた。ウサギさんが——いや、ホズミ君が、帰ってしまったんだ。もっと、話したかったな。

「それは、僕が、君を……」

彼が最後に言いかけた言葉を繰り返してみた。何て言おうとしたんだろう。

足を止めて、湿度の高い空気を肺に吸い込む。まだ胸に残るドキドキを逃がすようにそれをゆっくり吐き出すと、心から零れた想いが夕暮れの雨空に立ち昇っていくような気がした。

「緊張、したなぁ」

まださっきの不思議な体験の余韻が体に残っている。好きな人と話した後の、胸や目や頰の周りが、ぽわぽわと熱を持って浮遊するような、あったかい心地よさ。

それとは対照的に、私の足は降り続ける雨から守られる術もなく刻々と体温を奪われていて、その事実がまた私の心にぽつんと闇を落とした。彼には、大丈夫と、言ったけれど。

ここからなら、学校の玄関まで一〇分くらい。やっぱり少し探してみようと、私は踵《きびす》を返《かえ》し、さっきまでホズミ君と歩いてきた道を、一人引き返した。

当然、私の靴箱をもう一度見ても、こげ茶色のローファーの影もなかった。下駄箱の周りを少し探したり、ここにはないことを祈りながら昇降口のゴミ箱を覗いたりしても、見つからない。泣きたくなる気持ちを、溜息で紛らわせる。あのまま帰った方が、よかっただろうか。

「鈴城さん」

「わっ」

すぐ後ろで名前を呼ばれ、驚いて振り返ると、星野先生がいた。

「今度はどうしたの？　また傘がない、ってわけではなさそうだけど」

「あ、いえ……」

先生は、それで出るべきじゃない場所に立つ私の足元に気付いた。

「あれ、それ上履きじゃ――あ、もしかして、靴盗まれた？」

「えっと」

「人の物盗《と》るとか腹立つなぁ！　これは立派な盗難で犯罪だから、被害届を出そう。待ってて、教頭に話してくるから」

「あ、待って下さい！」

既に歩き出していた先生を慌てて引き止める。大ごとになればなるほど、その後の報復が怖い気がして、それよりもこの悪意の波がやがて時間と共に過ぎ去っていくのを静かに待っていたかった。

「靴は、もう捨てようと思ってた古いやつなんで、いいんです。処分の手間が省けました よ」

そう嘘を言いながら、涙が溢れそうになるのをぐっと堪えていた。先生は少し私の顔を見た後、「まあキミが、そう言うなら」と引き下がってくれた。

「でもそれだと帰れないだろう。また車で送るよ」

「え、いえ、それは……」

「この前車で走った感じだと、ここから君の家まで徒歩で二〇分とかそこらだろう？　内履きでこの雨の中歩くのは、ちょっとお勧めできないな」

「でも、やっぱり」

「君には謝りたい事もあるからさ。待ってて、車出してくる」

強く遠慮する私にそれだけ告げて、先生は教員玄関の方に走って行った。

やがて彼の車が生徒用玄関の前に停められ、こうなってしまうと強く断るのも悪く思い、私はビニール傘を開いて玄関を出る。前のようにドアが少し開けられた助手席に乗り込んで、シートベルトを着けると、車は滑らかに走り出した。フロントガラスを叩く雨を、ワイパーが静かに振り払っていく。

「靴、本当によかったの？」

「……はい」

「盗られちゃうような、高級なやつだった？」

「……いえ」

「うーん」

車内に気まずい空気が満ちてくるのが分かる。先生が左手でラジオのスイッチを入れると、物悲し気なジャズソングが流れ出した。彼はすぐにチャンネルを変えたけど、どれも場違いに感じたのか、やがてそれを止めた。

「……あぁところで、明日は土曜でお休みだね。鈴城さんは普段お休みはどんな事してるの？」

「特には……」

先生には申し訳ないけれど、心が悲しみに沈んで、見えない悪意からターゲットにされている恐怖に怯え、会話をできるような状態ではなかった。

星野先生の昨日の行動とか、画鋲を入れられた事とか、外履きがなくなった事とか、ホズミ君と話せて浮かれた事とか、まだ冷たい足とか、上履きで帰る事のお母さんへの言い訳をどうしようかとか、様々な事や思いがごちゃまぜになってぐるぐると心を掻《か》き乱《みだ》して、俯いていても隠し切れない涙が零れてしまった。慌てて手で拭っても、先生には気付かれてしまっただろう。

交差点の信号で車を停止していた先生は、ひとつ息を吐き出した後、「よし」と呟くように言って、ウインカーのレバーを上げた。カチ、カチ、という乾いた音が定期的に車内に響く。

「キミの家、門限とかある？」

「え？　いえ、ないですけど」

「じゃあさ」

星野先生は前を向いたまま視線だけを私に向けた。その綺麗な横顔が信号の赤い光を受け、暮れかけの空気の中に仄《ほの》かに浮かび上がっているように見える。彼は口角を少し吊《つ》り上《あ》げ、悪戯っぽい笑顔で言った。

「今から買いに行こうぜ、靴」

「えっ、私、今あまりお金持ってないです」

「買ってあげるよ」

「ええ、そんな、悪いですから」

「キミに謝りたい事があるって言ったじゃん。お詫《わ》びの印に、受け取ってよ」

「でも、車で送って頂く上に先生にお金を使わせるなんて……」

「俺は全然気にしないんだけどさ、大人からの厚意に対する過度な遠慮は、時に失礼にもなるから気を付けた方がいいよ。それに俺こう見えて、公務員なんだぜ」

断りづらい流れを作るのがいつも上手い人だな、と私は思った。先生の横顔を照らす灯《あか》りが赤から緑に変わり、車は私の家とは違う方向へ向かって走り出した。

▶▶

彼女の実家で朝食を頂いた後、葵花の父親と母親に丁寧に感謝を告げて、僕はその家を出た。去り際に母親からかけられた言葉に、僕はまた涙ぐんでしまった。

「またいつでも遊びに来てね。あなたはもう、私達のもう一人の子供みたいなものなんだから」

親という存在の温かさが胸の中に染み渡っていくように感じ、深く頭を下げた。

ありがとうございます。その約束を叶えられるか分かりませんが、ここで過ごした時間は僕にとって、短くてもかけがえのないものでした。


葵花の家を後にし、僕は再び夢で見ていた記憶を辿った。柔らかな霧雨《きりさめ》の中を五分程歩いた所に、その家はあった。さすが子供の頃からの友達というだけあり、近所と言える距離だ。

葵花はいつもその人を名前で呼んでいたので苗字に馴染《なじ》みはないが、僕も夢で何度か見た「守山《もりやま》」の表札を確認する。緊張にざわつく胸を宥《なだ》めるように一つ深呼吸をした後、インターホンのボタンを押す。しばらくして、スピーカーからノイズ混じりに若そうな印象の女性の声が聞こえた。

「はぁい」

僕もスピーカーの下のマイクに向かって話す。

「あの、絵里さんはいらっしゃいますか」

「ええ、いますが、どちら様です？」

「高校の頃の、友人です。近くに寄ったので、久しぶりに挨拶しようかと思いまして」

咄嗟に嘘をついてしまったが、こうでも言わないと門前払いされそうな予感がした。

やがて家の中から階段を駆け下りるような音がして、「彼氏？」「違うよ！」とのやりとりがスピーカーから漏れ聞こえた後、僕の立つ伸縮フェンスを挟んで数メートル先にある玄関の扉が開かれた。そこから、栗色《くりいろ》に明るくなった髪をポニーテールにまとめた葵花の親友が、ジャージ姿で顔を出した。

「絵里っ！」

気付くと僕の口を衝《つ》いて、僕の意思よりも先に彼女の名前を呼んでいた。少し眩暈《めまい》がして、左手で頭を押さえる。あれ、この感覚は……。

「え……、誰？」

突然名前を呼び捨てにした僕に、絵里はあからさまな警戒の様子を見せた。

「あ、すみません、急に……。あの、僕は、鈴城葵花さんの、知り合いなんですが」

彼女の名前を出せば、心を開いてくれるかと思っていた。でもその考えは甘かったのだと気付く。

「……何の用？」

絵里は表情を強張らせ、先程よりも警戒を強めたようだった。心なしかその顔が青ざめている気がする。

「葵花さんに何があったのか知りたくて、知っている事があれば、話して欲しいんです」

「何であなたに話さないといけないんですか」

「あなたは、葵花さんの親友だったと聞いています。僕にとっても、彼女は特別な人なんです。だから、どうして彼女が、あんな結末を選んでしまったのか、知りたいんですっ」

絵里は眉をひそめ、苦渋の表情を浮かべた。躊躇うように口を開く。

「あんなやつ……」

目の前で、冷たい風が吹いた気がした。

「親友じゃ、ない」

風は突風に変わり、氷のような雨粒を含んで僕の体と葵花の心臓を打ちのめした。

胸がキリキリと音を立てて痛んでいるように感じる。

もう話す事はないと言うように、絵里は玄関の扉を開き、その陰に消えていく。

「なんで――」

また眩暈がして、言いかけた僕の声を、別の僕の声が追い抜いた。

「絵里っ！　どうして！」

持っていた傘が道路に落ちて、僕の両手がフェンスを掴んだ。ガシャンと響いた音は、すぐに雨の町に吸い込まれる。絵里は不愉快を露《あら》わにした表情で、ドアの陰から再び姿を現した。

「さっきから何なのアンタ。なんで初対面で呼び捨てにしてくるわけ？」

「どうして親友じゃないなんて言うのっ？　私何かしたの？　謝るから教えて！」

口が勝手に動く。何だこれは。頭がグラグラする。待ってくれ、慎重に会話しないと。

「何、アンタ、気持ち悪いんだけど。帰ってくれる？」

僕の目から涙が零《こぼ》れ落《お》ちた。

「ずっと友達だって、思ってたのは、私だけなの……？」

「次騒いだら警察呼ぶからね」

そう冷たい声で告げて、絵里は家の中に入ってしまった。冷たい霧雨が刻々と僕を濡らしていく。左胸が痛みと混乱で、暴れている。

「ここに……」

ゆっくりと右手を上げ、左胸に当てた。ずきん、ずきん、と痛みを伴いながら拍動しているのを感じる。なぜ人間は、辛い時に胸が痛むのだろう。

「……ここに、いるの？　葵花」

僕の口が、霧雨混じりの空気を吸い込んだ。悲しみに萎《しお》れていた肺が少しだけ膨らみ、躊躇うように、戸惑うようにそっと吐き出され、僕の喉を震わせる。そしてその声は、僕の名を呼んだ。

「ホズミ、くん……？」

繋がった――と、僕は思った。

◀◀

駅前のショッピングモールに向けて車を運転しながら、星野先生は呟くような声量で話し始めた。

「俺さ、高校から演劇部入って、大学の時に劇団で役者やってたから、『演じる』っていう事が、たぶん心にも体にも染みついちゃってるんだ」

彼が何を言いたいのか分からずに、私は黙って彼の横顔を見た。

「与えられた役になりきって、周りが望む姿を演じて、評価されて、嬉しくて、それでいいんだって思ってた。舞台の外でも、俺は周りの目や顔色を窺《うかが》って、いつの間にか適切な自分を作り上げて演じていた」

先生の横顔は、時折窓の外を横切る街灯や対向車のライトに照らされて、夜の闇の中に冷たく浮かび上がる。

「でもそれだと、役の内側の、体の中の、本当の自分がなくなっていってる事に、ある時気付いたんだ」

仄かな光が照らすその顔は、温度の感じられない無表情だった。

「本当の自分が、どうしたいのか、何を考えているのか、どこにいるのか、分からない。もしかしたらもう、どこにもいないのかもしれない。そう気付くのは……絶望的な孤独だよ」

これが、昨日先生が言っていた、寂しさなんだろうか。

「その時付き合ってた恋人も友人達も、俺の外側しか見ていない。そう嘆いたけど、でも、そりゃそうなんだよ、俺は外側しかないいんだから。内側は、何もない、空洞なんだから」

見た目がよくて女の子からちやほやされている星野先生にも、そんな悩みがあったんだ。人間なんて等しく誰でも、何かしら歪《ゆが》みや苦悩を抱えながら生きているのかもしれない。そう思うと、ちょっと苦手だと思っていた、隣でハンドルを握るこの寂しがる男の人に、少し親近感が湧いた。

「俺は、そんな、空洞のまま、大人になっちまった。教員免許取って教師になってから も、俺を慕って集まってくれる人はいるんだけど、その人達の、期待とか、憧れみたいな、そういう輝きの眼差《まなざ》しを向けられる度に、俺は自分を繕って、それに比例して内側の空洞はどんどん陰を強めていくばかりだった」

でも、その話を、なぜ私にするのだろう。

「この世で生きているからには、誰かとの関わりが欲しい。繋がっているという実感が欲しい。そうじゃないと、寂しすぎる。でも俺は、本当の、心からは、誰とも繋がれない。繋がっている実感を得られない……。誰かと話しても、触れあっていても、洞窟に、風が吹き込むみたいにさ、俺の空洞で孤独が唸《うな》り声を上げるんだ」

信号が赤になり、車が止まった。

「そしてこの孤独が、死ぬまで続くかと思うと……目の前が暗くなるよ」

最後は力なく消え入るような、狭い車の中でなければ聞き取れないくらいの声だった。

「ごめん、うだうだと話したけど、そういう歪んだ大人だからさ。昨日は、キミに、寄り掛かろうとしてしまった。……ごめん」

私は彼から視線を落とし、俯いた。車の空調の音だけが、やけに大きく聞こえる。

人はみんな一人で、どこか寂しい。先生も、ホズミ君も、私も、絵里も。たぶん、私の靴を隠した人も。だからその寂しさを紛らわせるように、何か他の事に目を逸らすのだろうか。

「寂しいと、思うのは、そう感じる内側があるからだと、思います」

先生の息を呑む音が聞こえた気がした。

「誰かと繋がりたいと思う気持ちも、繋がれない孤独も、やっぱりそれを求める先生の内側です。だから、空洞なんて事は、ない、と、思いますよ。その、寂しがる本当の自分を、先生の中でちゃんと認めて、外に出してあげないといけないんじゃないかと、思います」

信号が青に変わり、先生はアクセルをゆっくり踏み込んだ。

「なんか、偉そうでしたね、すみません」

「いや」

先生は、学校で見せる表情や声からは想像もつかない弱々しさで、

「俺にも、ちゃんとあったんだな、内側」

と、独り言のように呟いた。

やがて車はショッピングモールに辿り着いた。雨で濡れる窓ガラス越しに、モールに併設されている観覧車のライトアップが、ゆっくりと回転しながら滲んだ光を放っている。私達を乗せた車は地下駐車場に向かう坂を下り、その一角に滑るように停まった。

エンジンを切った後、先生はハンドルに額を押し当て、数秒間黙り込んだ。そして、

「よし！」

と体を起こし、私の方を向く。

「それじゃ、楽しいショッピングといこうぜ！」

明るい笑顔でそう言われ、さっきまでの沈鬱とした空気からの変貌ぶりに、私は少し噴き出してしまった。

「お、鈴城さんが笑った。よかった、キミが笑ってくれると、嬉しいよ」

「それも演じてるんですか？」

「さあねぇ、俺、役者だからさっ」

シートベルトを外し、先生は車のドアを開けて颯爽《さっそう》と外に出た。私もシートベルトを外すとすぐに助手席のドアが外から開けられ、そこにいた先生は恭しくお辞儀をした後、私に右手を差し出した。

「さあ参りましょう、お姫様。あなたにピッタリのガラスの靴を探しに」

少し躊躇ったけど、私はその手を取って、笑いながら答える。

「普通のローファーがいいんですけど」

「おや、それでは舞踏会に行けませんよ？」

「行きませんからっ」

そう笑って、先生に手を引かれながら、私は学校の上履きのまま駐車場のコンクリートを踏みしめた。

▶▶

僕は落ちていた傘を拾い上げ、顔を隠すように深く差すと、結局門前払いとなった絵里の家を後にして歩き出した。相変わらず眩暈がするが、そんな事を気にしていられなかった。

「やっぱり、葵花なんだな。まさか君も、僕の中にいたなんて」

すぐに僕の頭の中に、声が響く。

(うん……ずっと、夢を見ているみたいな気分で、ホズミ君の中で、眠ってた……ような、気がする)

僕の時もそうだったが、相手の口を使って発話する場合と、声が頭の中で聞こえるような場合があるようだ。もしかしたら感情の昂《たかぶ》りによって、身体の同調率のようなものが変わるのかもしれない。さっきの葵花は完全に、僕の身体まで動かしていた。

(最初は、自分が何なのか、よく分からなかった。意識や視界がぼんやりとして、誰かが勝手に私の人生を生きているような、そんな感覚。そしてすぐ、眠くなって寝ちゃうんだ。でも最近、ちょっとはっきりしてきた。今は、ホズミ君の事も、絵里の事も、分かるよ)

葵花の声は、夢の中で聞いていたような潑溂《はつらつ》さがなく、沈んでいた。長い付き合いだった友人から、あんなやつ親友じゃない、なんて言葉を聞かされたのだから、当然なのかもしれない。不用意に、あそこに行くべきではなかったと、胸が痛んだ。

「……葵花、さっきの絵里さんの言葉は、君に向けたんじゃなくて、僕に言った言葉だから、その、気にしすぎないで」

（うん、ありがとう……。でも、私、本当に分からないんだ。なんで絵里に嫌われてるのか。私に何があったのか）

「えっ」

（ねえ、ホズミ君。これ、私が見てる夢じゃないんだよね？　私……死んじゃったんだよ、ね？　実家で自分の遺影も、見たんだよ……。ねえ、どうして私、死んじゃったの？）

僕の足が止まった。今僕を介して僕と会話しているのは、僕の頭が壊れたのでもない限り、葵花本人なのだろう。どういう理屈か分からないし、その事実にも未《いま》だに驚愕《きょうがく》しているが、その葵花は、自分自身の顛末《てんまつ》を知らない。それは、どういう事なんだろう。

「君は、いつの葵花なの？　どこまでを知っているの？」

こちらの葵花に訊けば、彼女がどうして自ら死を選んだのか、分かると思った。そうすれば、過去の葵花を変えられるかもしれない、と。でも。

（分からない……。私が起きている時にホズミ君が見聞きした事とか、ホズミ君が夢で見ている事くらいしか、分からない。君が夢を見る度に、ああそうだったんだ、って思い出していく感じ）

僕の夢を共有してそれが最新の記憶になるというのなら、こちらの葵花に事実を求めるのは難しそうだ。

（ねえ、ホズミ君教えて。私は何で死んだの？　病気？　事故？）

どう答えるか迷った。でも、自分の死を知っているこちらの葵花に嘘をついてごまかしてもしょうがないと思った。

「君は……自分で命を絶ったと、聞いたよ」

（ウソ！　私そんな事しないよ！）

僕が星野先生から同じ話を聞かされた時に言えなかった言葉を、本人が代弁してくれたように思えて、少しだけ胸のつかえが取れた気がする。

（前の記憶では、靴がなくなってたけど……辛いことはあったかもしれないけど、私、自殺なんて絶対にしない。だって、いくら辛くても、そんなのずっと続くわけないんだから。生きていれば、楽しい事はもっといっぱいあるんだから）

「でも、現に君は、電気の延長コードで首を括《くく》って……」

（遺書はあったの？）

「いや、なかったって」

（……じゃあ、私、殺されたんじゃないかな）

「え……」

（だって、自分で死を選ぶ心理が想像付かないんだもん。私、もっと、生きていたかったよ……）

僕の目から涙が零れた。僕だって、葵花の選択を信じたくなかった。彼女が流した涙を手で拭って、僕は口を開く。

「自殺に見せかけた他殺、って、事？」

（分からないけど、病気とか事故じゃないなら、そうとしか）

「じゃあ、一体誰が？」

（分からないよ……）

葵花は力なく声を出した。それはそうだ。自分の死因も知らなかった彼女がそれを知るはずもない。かといって、ここで考えていても仕方ない。

「……ねえ葵花、お父さんとお母さんに、会いたい？」

彼女の意思が、僕の体でハッと息を呑むのを感じた。心臓が戸惑いと不安で跳ねる。

（会いたい……。そういえば昨日、お母さんと会ったんだ）

「え、そうなの？」

（朦朧《もうろう》としてたから、ホズミ君の意識を奪っちゃってたかもしれない。すごく、久しぶりだった。とっても疲れた顔してた。ほとんど話せなかった。できればまた、ちゃんと話したい。……けど、でも今は、なんか、怖い)

「どうして？」

(だって、私、何年も前に死んじゃってる、から。二人を怖がらせたり、混乱させちゃうかも、しれない)

「そうか……」

葵花を深く愛していたであろうあの二人に、僕の体を使って娘に会わせてあげられるなら素晴らしいと思ったが、葵花がそれを望まないなら仕方ない。

(あ、ダメだ……)

葵花の消え入りそうな言葉に、僕は焦った。

「どうしたっ⁉」

(眠くなってきた。ちょっと、寝て、ます)

「またっ！」

この繋がりが消えてしまう予感に、たまらない焦燥が湧き起こる。もっと話していたいし、伝えたい事も沢山ある。

「また……来てくれる？」

（うん。たぶん。……ホズミ君）

「うん？」

（前の……質問）

「質問？」

（ホズミ君が……私を……）

そこで頭の中を満たしていた葵花の澄んだ声は消え、ずっと続いていた眩暈も消えた。後には、寒々しい寂しさが残っていた。

「僕が……君を……」

僕は傘を持っていた右手を力なく下げ、空を見上げる。霧雨はすぐに顔を湿らせ、空を陰鬱に覆う分厚い雲は、そこにある希望の青空を隠しているようだった。

◀◀

金曜の夜のショッピングモールは結構な人混みで、私は知り合いに見つかってしまわないかとビクビクしながら、人の波の中をするすると歩いていく星野先生の後ろを懸命についていった。やがて彼は、若者向けのポップな雰囲気のシューズショップで足を止めた。

「あんまり高いと恐縮しちゃうだろうから、ここでいいかな？」

「あっ、はい。でも、本当にいいんですか？」

先生はパチンと指を鳴らし、人差し指を私の口に向けた。

「はいそれもう禁句ね。俺に対して遠慮は無用です。さ、好きなの探しなよ」

お礼を言って、私は店内を見て回った。学校の上履きでシューズショップを歩いているる事が無性に恥ずかしいけれど、その状況を改善するためにも、先生をあまり待たせないためにも、早く買い物を済ませてしまおう。

女性用の外靴コーナーに、今日なくなったものと似た雰囲気のローファーを見つけ、私はそれを手に取った。すぐに店員のお姉さんに声を掛けられ、試着してみる事にした。スツールに腰掛けて靴を履いていると、お店の入り口に立って人の往来を眺めていた先生が歩いてきた。

「それにするの？」

「はい。雰囲気も前のに似ているので」

先生は椅子に座る私の前まで来ると、腰を下ろして片膝を床につき、私に目線を合わせた。

「とてもよくお似合いですよ、お姫様」

「恥ずかしいんでやめてくださいよ」

横に立っていた店員さんがふふふと笑って、

「素敵な彼氏さんですね」

と爆弾を投下した。

「違いますから！」

慌てて否定するも、学校の先生ですなんて事も言えずに、私は視線を落とすしかなかった。

「何なら、本当になってみようか？　キミの彼氏に」

「ホントにやめてくださいよそういう冗談は」

「ははは っ」

私が睨《にら》むと、先生は軽やかに笑った。本当に教師なんだろうかこの人は。

そのまま履いて行く事を店員に伝え、先生がカードで支払いを済ませてくれた後、せっかくだからお茶でもと言う彼の革靴を新品のローファーの爪先で蹴り、私達は駐車場に向かった。

車を発進させて、駐車場のゲートを抜け夜の雨に打たれて再びワイパーが動き出した所で、先生が口を開いた。

「ところでさ、さっきの話、冗談じゃないって言ったらどうする?」

「え、何の話ですか?」

「俺がキミの彼氏になるって話」

一瞬、呼吸を忘れてしまった。悔しいけれど心臓の鼓動が速くなっていくのが分かる。

「そんなの、無理に決まってるじゃないですか。先生は、先生なんですから」

「はは、俺の正式雇用は来週からだよ」

「来週には先生じゃないですか。それに、私……」

顔が熱くなっていくのを感じ、俯きながら続けた。

「好きな人……いますから」

茶化されるかと思ったけど先生は静かで、ちらりと盗み見た横顔は冷たさを感じる無表情だった。

「へえ、そうなんだ」

温度を感じさせない声でそれだけ言うと、少し怖いくらいの無言で運転が続いた。

いつも冗談みたいに物を言う人だけど、もしかしてさっきのは、本気の告白だったのだろうか。だとしたら、ちょっと申し訳ない気持ちになる。けど、そもそもまだ知り合って数日なわけだし、というか教師と生徒がそういう関係はやっぱりダメだろうし、車で送ってもらったり傘を貸してくれたり、靴を買ってくれたりと、先生には感謝しているけれど、私にはホズミ君がいるわけだし、ああもう、何て言えばいいんだ。

と、私の頭が混乱していると、

「それで」

先生が突然話し出したので、私の心臓が跳ね上がった。

「どんな人なの、その人。やっぱり学校の生徒？　年上？　年下？」

と、クラスの女子みたいなノリで楽しそうに聞いてくるので、拍子抜けしてしまった。一瞬でも悶々《もんもん》と考えてしまった私の時間を返して欲しい。

「教えません！」

「えー、いいじゃん、教えてよー」

「……先生おいくつなんですか」

「二五だけど？」

「もっと大人の言動をしてください」

「ははは っ、言われちゃったなぁ」

その後は先生の他愛ない雑談や教頭への愚痴に笑わされ、やがて車は私の家の前に辿り着いた。

「靴、本当にありがとうございました。そのうち何か、お礼をしますね」

「いやいやってそういうのは。俺に対しての遠慮は無用って言っただろ？　それでもお礼をしたいんなら、たまにこうしてドライブに付き合ってくれればいいよ」

「それは遠慮します」

「冷たいな！」

少し笑って、先生の車を降りた。門の前で頭を下げると、先生は手を振って走っていった。

ひとつ、深呼吸をすると、上履きを入れたビニール袋を持ち直して、私は門を開けた。


今日は、色んな事があったな。

僕の中の葵花が眠りについてから何度か呼びかけてみたけれど、彼女が出てくる気配はなかった。本当に眠っているような状態なら、無理に起こすのも悪い気がして、そっとしておくことにした。

僕が眠っている間に葵花の記憶の過去に飛び込んでいるのと同じように、この心臓に残された、彼女の意識なのか、人格なのか、記憶なのか、分からないけれど、そういうものが目覚めている時に、僕の身体と同調しているのだろうか。研究者やメディアにでも告げれば大騒ぎされそうな現象だが、僕は今の境遇を誰にも話すつもりはなかった。もっとも、葵花が望むなら彼女の両親には伝えるつもりだったが。

僕は一人傘を差して霧雨の町を歩き、時折ケータイで地図を見ながら、駅まで辿り着いた。

今日は土曜日で、明日の日曜日も学校は休み。これは好都合だ。僕はケータイで近くのカプセルホテルの予約をとると、駅前にあったショッピングモールで適当に昼食を摂って着替えを買い、時間を潰して夕食まで軽く済ませた後、そのホテルに向かった。

受付時に、未成年者は保護者の同意を、などと言われたらどうしようかと懸念していたがそれは杞憂《きゆう》に終わり、受付は淡々と応対してくれた。シャワーを浴びた後は早々に、蜂の巣を連想させるようなカプセルベッドに潜り込む。長く深く眠る為に、ショッピングモールで散々歩き回っていたのが功を奏したのか、部屋を暗くして目を閉じているとと眠気はすぐにやってきた。

まどろみの中で、意識の深いところへ向けて、葵花のイメージや、声や、仕草の記憶を、愛しさを、沈めていく。

深く……深く……


目を開けると、見慣れない和室の木張りの天井が見えた。寝起きの頭で少しぼんやりした後、成功だ、と僕は柄にも無く興奮した。

「えっ、あれっ、これって！」

葵花が布団から跳ね起きて、左胸に右手を当てた。右の掌《てのひら》に柔らかな体温を感じて、僕の心を掻き乱す。

「もしかして、ホズミ君、来てる？」

(うん、おはよう)

彼女の中は今日も優しく温かく、彼女の身体を介して見る彼女の部屋にも、同じように温かな光が差し込んでいる。その光景は、とても、僕の心を温める。

「おはよ……って、そうじゃなくて！　なんで寝込みを襲うような事するかな！」

その表現に思わず僕は笑ってしまった。僕の感情に連動し、彼女の身体も笑う。傍《はた》から見たら、葵花は一人で怒って一人で笑っている事になる。こんな姿を人に見られるわけにはいかない。

（襲っているつもりはないんだけどな。寝たらこうなっちゃうんだから）

葵花は慌てたように髪に手櫛《てぐし》をあてながら言った。

「あぁ、もう、こんな時に来ちゃうなんて。着替えとかトイレとかどうするつもりなのっ？」

（あ、そうか）

「そうかじゃないよぉ。女の子の朝は色々あるんだから」

口を尖《とが》らせてそう言いながら、彼女の心臓は心地よく高鳴っていた。

「それに、眠ったら来るってことは、今ホズミ君寝てるんだね？　前も思ったけど、生活リズムが破綻してない？　ちゃんとした生活しないとだめだよ」

彼女は、同じ時間軸の別の場所に僕が存在していると思っている。なのでその評価は仕方ないが、訂正するわけにもいかない。

（そうだね、気を付けるよ）

「全然反省してないー！」

また少し笑った後、一つ付け加えた。

（でも、僕が夜に眠ったら、こうやって起きてる君と話せないじゃないか）

僕の言葉に、彼女の心臓が苦しく跳ねたのを感じた。

「それは……そうなんだけど」

今までの夢の経験から、実際には僕の時間とこちらの葵花の時間が並行に流れているわけではなさそうだが、そんな説明もできないのが少しもどかしい。

「これから居間で朝ご飯食べるけど、家族の前では絶対に変なことしないでね」

（分かってるよ。葵花のお母さんのご飯、おいしいよね）

「え、何で知ってるの？」

今の発言は迂闊《うかつ》だった。僕にとっては、昨日の朝、君のいない家で朝食を頂いたばかりだったから。それは、母の手料理というものを食べた事がない僕には、とても温かく感じたから。

「あ、今までも家で私に入った事があったのかな」

（そうそう）

「あーもう、今までどんなこと見られてたのかなぁ。変な事は全部忘れてよ！」

（大丈夫だよ、変な事なんてなかったから）

葵花は「ううう」と唸りながら顔を熱くしていった。

その後彼女は、目を閉じ耳を塞ぎながらトイレを済ませ、鏡を避けるように顔を洗い、どこか緊張しながら朝ご飯を食べて、自室に戻ると目を閉じたまま着替えを成功させた。その全てを、愛おしさに壊れそうになりながら、僕は微笑ましく感じていた。

「はあ、なんか疲れた……」

葵花は勉強机の椅子に座って溜息をついた。

（ははっ、お疲れ様。ところで葵花、今日は何曜日？）

「え、土曜日だよ？」

（何か予定はある？）

「えーっと、今日は特にないかな」

（よかった。じゃあ少し、僕に付き合ってもらってもいいかな）

「え……」

僕には、試してみたいことがあった。葵花の部屋のレースカーテン越しに見える空は、梅雨の合間の久しぶりの青色を広げていた。

ホズミ君は、頭の中の声でおかしなことを言った。

(何でもいいから、葵花の私物をある場所に埋めて欲しいんだ)

「え……なんで?」

(ちょっとした実験、かな。悪いんだけど理由は言えない。そして、どうか、断らないで欲しい)

「ええ、何その条件」

めちゃくちゃな話だけれど、ホズミ君の声は真剣だった。

(埋めるのは何でもいいんだけど、それはもう返ってこないと思って。ホント、変なお願いしてごめん。でも、僕にとって、すごく大事な事なんだ)

「うーん、分かったよ」

変なホズミ君、と思ったけど、幸い今日は彼に言った通り予定もなかったので、付き合ってあげる事にした。それに、なんだか少し、楽しそうだと思った。

私は椅子から立ち上がり、部屋を見渡す。埋めるものだから大きくない方がいいだろう。それに、もう要らない物じゃないと。

「ねえ、それって、ホズミ君の手に渡るのかな？」

（……実験が成功したら、そういう事になるかな）

「えっ、じゃあこっちに来るの？」

彼は少し返答に迷っているようだった。

（いつになるか、分からないけど……）

「じゃあ、その時は、呼んでよ！」

（うん……分かった）

ホズミ君に会えるんだ。そう思うと、胸が熱くなって、心臓が楽しく跳ねた。

それなら、と、私は少しイタズラ心が芽生えた。勉強机に戻り、鍵付きの引き出しを開け、奥に眠っていた洋封筒を引っ張り出した。

「こんなのでもいい？」

（何それ、手紙？　いいけど、いいの？　大事なものなんじゃ……）

「いいの、いつか捨てようと思ってたやつだから」

ホズミ君の指示で、お母さんからお菓子が入っていた空き缶をもらってそこに封筒を入れ、さらにビニール袋でそれを包んだ。土を掘るためのスコップも持って、友達と遊んでくるとお母さんに告げると、砂遊びでもするの、と笑われた。

外に出ると、久しぶりの晴天が眩しくて目を細める。今日が晴れで、よかった。澄んだ青空に、綿菓子みたいな雲が浮かんで、飛行機が一機、彼方《かなた》から白い線を引きながら飛んでいた。

「で、どこに埋めるの？」

(タチアオイの土手を上った所から、川辺の草原に一本の木が見えたよね。あの根元がいいな)

「おお、なんかそれっぽいね」

(でしょ)

晴れた日。不思議なお願いをされて、特別な人と一緒に歩く。初夏の陽射しは熱いくらいに照り付けて、風にはためくスカートの裾を煌めかせる。

それは何だかとても楽しくて、私の胸はずっとドキドキワクワクして、顔がニヤニヤするのを止められなかった。

(なんか、楽しそうだね、葵花)

「ふふっ、楽しいよ！」

言葉に合わせてぴょんと小さくジャンプすると、左手に持ったビニール袋がガサリと風に揺れ、お出かけ用のパンプスの踵《かかと》がアスファルトとキスをしてカツンと小気味良い音を立てた。

アジサイの咲き乱れる公園で、小さな女の子がお母さんと一緒にこっちを見ている事に気付き、顔が熱くなった。女子高生が一人で何やってるんだろう。ホズミ君にも笑いながら言われてしまう。

（ははっ、何やってるのさ）

「うう、ちょっとテンション上がっちゃって」

手で口元を隠しながら返事をした。その手の陰でホズミ君がまた笑った。恥ずかしくて楽しくて嬉しくて、私も笑う。一つの身体で二人が笑うと呼吸困難になりそうで、でもそれがまたおかしくて、笑いながらとうとう私は咳《せ》き込《こ》んでしまう。

（ちょ、ちょっと、ごほっ、落ち着いてよ、葵花）

「あははっ、けほっ、ごめんごめん。あぁ、楽しいなぁ」

君がいてくれるだけで、いつも心があったかい。楽しいな、嬉しいな。

好きだな。

公園の女の子に手を振ると、笑顔で振り返してくれた。嬉しい気持ちで再び歩き出すと、ホズミ君がぼそりと何か呟いた。

（……僕が君を、守るから）

「え、守る、って何から？」

（いやっ、何でもないよ。それよりほら、見えてきた）

コバルトブルーの空を背景に、緑色に茂る土手が見え、そこかしこでタチアオイが風に吹かれて揺れていた。私はその坂道を上り、土手の上で川辺を見下ろす。川に沿って草原が延びていて、ぽつんと一本だけ、ナラの木が青々と葉を茂らせて立っている。その川辺に続く階段を下り、草原に足を付けると連日の雨で土が少しぬかるんでいて、私はパンプスで来てしまった事を後悔した。

（大丈夫？　ごめん、指定した場所が悪かったな……）

「大丈夫、大丈夫」

幸い、雑草が茂っているおかげで足が滑るという事はなさそうだった。辿り着いたナラの木の根元にしゃがんで、スコップで穴を掘っていく。

「ふう、こんなものかな？」

（そうだね、お疲れ様）

空き缶が十分埋まるくらいの穴に、その不思議なタイムカプセルを埋めて、たっぷりと土をかぶせた。

少し、いや、かなり恥ずかしいけれど、この手紙が、本当にホズミ君に届くといいな。

その時に、彼の隣に、私がいれば、いいな。

▶▶

タイムカプセルを埋めた後、葵花の提案で、川を眺める形で設置されているベンチに座り、しばらく話をした。彼女の靴も、綺麗な手も、土で汚してしまって申し訳なかったけれど、葵花はとても楽しそうで、僕の心も弾んだ。どうしてこんな事をさせたのか訊かれなかったのはありがたいが、「開けに来る時は絶対に呼んでね」と念押しされた時は、少し胸が痛んだ。

僕が生きる未来に、君はいなくて。君が生きる未来に、僕はいなくて。

この胸の痛みも、君に共有されてしまってはいないだろうか。

小学や中学の頃に学校で流行《はや》っていたものの話題で盛り上がっていた時、突然空から電子的なアラーム音が響き、僕は温かい夢から引き剝がされた。目を開けると青空も緑の草原も紺色の川もなく、狭いカプセルベッドの天井が押し迫るように眼前に在るだけだった。上のカプセルから目覚ましのアラームが漏れ聞こえていて、すぐにそれは止められたが、耳栓をしておくんだったと僕は心から後悔した。

とはいえ夢の中での目的は達せられたので、僕は蜂の幼虫のような気分でカプセルから這《は》い出《で》て、準備をしてさっそく目的地に向かう事にした。ホテルを出ると、ついさっきまで葵花と見ていた快晴が映画か何かの作り物の映像だったかのように、灰色の雲と小粒の雨に覆われていて、僕は溜息をついて傘を開く。

百円ショップで軍手とスコップを買って、足早にその場所に向かった。絵里の家を過ぎ、葵花の家を過ぎ、アジサイの公園を過ぎると、その坂道が見えてくる。

葵花の母親は、確か彼女の離別を三年前と言っていた。

「三年……」

僕は口に出して、その時間の流れを感じてみようとしたが、日常的に夢で過去に飛んでいるせいか、実感が湧かなかった。

土手を上り、石の板を重ねたような階段を下りる。数時間前に彼女と歩いたこの道を、今、僕が歩くこの世界に、もう君はいない。草原に一本立つ木に向かいながら、僕は祈るように固く手を握った。

その木の前に立つと、葵花が穴を掘っていた箇所にも雑草が生い茂り、何かを埋めたような形跡もなかった。不安が心を締め付ける。

「……葵花、開けに来たよ」

約束だから、と、小さく彼女の名を呼んでも、僕の中の葵花は目覚めない。

傘を閉じて木の下にしゃがみ、百円ショップのレジ袋からスコップを取り出し、土を掘る。

あってくれ。あってくれ。あってくれ。

心の中で何度もそう唱えながら、スコップを動かした。雨に濡れて土は柔らかく、スコップを押し込むと雑草の根がブチブチと切れる感触が手に伝わる。

単調な運動と、焦り祈るような気持ちに息を切らしていると、スコップの先端が何か硬い物にぶつかった。心臓が跳ねる。唾を飲み込み、周りの土をどけると、泥まみれで茶色くなったビニール袋が、中の四角い箱を守るように眠っているのが見えてきた。軍手をはめて、慎重にそれを地中から取り出す。

「はあ、はあ、はあ……あった」

息は切れ、心臓はドンドンドンと耳にうるさいくらいの速さで脈打っている。

軍手のままビニール袋を引き破ると、中から銀色の缶が現れた。浸水や腐食もなく、葵花が母親から手渡されたそのままの状態のように、淡い鈍色の光を放っている。

「あった……」

再度呟くと、僕の目から涙が溢れた。缶を左手で持つと右手を胸の前で固く握り、静かに喜びに震えた。

これは、僕が彼女にお願いして、ここに埋めてもらったもの。

それはつまり、あの夢の中の世界は、ここに繋がっている。そして僕は、そこに干渉できる。

それは……つまり……、葵花の未来を、変える事ができる！

ドン、と、近くで花火が破裂したように、一際大きく心臓が揺れた。

途端に左胸に激痛が走る。

「ぐうっ！」

激しい眩暈がして、持っていた缶を落とした。雨に濡れた草の上にそれは落ち、中の物が缶にぶつかり乾いた音を立てた。そうだ、葵花はその中に、手紙を入れていた。

息ができず、ヒザを地面についた。ズキンズキンと心臓の鼓動に合わせて全身に痛みが伝播《でんぱ》する。

「あ、あぁ……」

額も地面についた。髪にもヒザにも冷たい水が染み渡っていく。

まだ何も、変えられていない。葵花を救えていない。まだ、待ってくれ。過去は変えさせないと、運命が僕を押し潰そうとしているのだろうか。いや、世界をひっくり返そうだとかそんな大それたことをするわけじゃない。一人の少女の悲しい結末を書き換えるくらい、見逃してくれてもいいだろう。それができたらいくらでもこの命を差し出すから。それとも、僕の命なんかでは足りないとでも言うのか。

霞《かす》む視界の端で、土手の上でこちらの異変に気付いたのか、階段を駆け下りてくる女性がいる事に気付いた。そこで、僕の意識は、途絶えた。

Ⅱ

●第三章　消えない、約束。

◀◀

川の見えるベンチで楽しく話していると、ホズミ君がいなくなったのを感じた。彼はいつも、突然いなくなる。眠ったら来ると言っていたから、目覚めたという事だろうか。

私は一人で立ち上がって、タイムカプセルを埋めたナラの木の前まで歩き、手を二回叩いて「ちゃんと届きますように」とお願いをした。その行動もなんだかおかしくて、少しだけ笑う。

川沿いを散歩したあと家に帰り、ちょっと悩んだけど、残っていたレターセットの便箋を引っ張り出してメッセージを書き、通学用の鞄に入れた。お昼ご飯の後、晴天の下で上履きを洗って干して、あとは、ごろごろして過ごした。

日曜日は絵里と亜子と約束していて、駅前で遊んだ。中学の頃の友達である亜子は、なんとクラスの男の子から告白され、恋人同士になったそうだ。絵里は大興奮して色々と聞き出して、亜子も赤くなって照れながらも嬉しそうに話していた。いいな、そういうの。

途中、その彼氏から着信があって、恥ずかしそうに電話で話す亜子を見て、そうだ私も、と自分のスマホを触りながら思いつき、その閃《ひらめ》きに自分で称賛を送る。

絵里と二人で冷やかすように、祝福を送るように生暖かい視線で、スマホを耳に当てながら照れる亜子をにやにやと眺めていると、自分の左胸にぷかりと温度が灯るのを感じた。

「あっ！　来た！」

喜びが思わず声に出てしまうと、絵里に不審な目を向けられる。

「え、何が来たって？」

「ごめん私ちょっと、お花摘みに行ってくるっ」

急いでバッグを掴んで立ち上がりながら言うと、絵里に引き止められた。

「あ、じゃあ私も行くー。こんなラブ空間に一人置いていかないでよ」

「えっ……えーっと」

「何でそこでためらうかな！　あ、もしかして大きい方――」

「バカ絵里ー!」と叫びながら、慌てて絵里の口を塞ぐ。

私が聞く音は、彼にも聞こえているんだ。変な事は言うのも聞くのも恥ずかしい。

とはいえどう言ってこの場を切り抜ければいいのかも分からない。時間をかけたらまたホズミ君はいなくなってしまうかもしれない。

「ちょっと、いきなり何すんのさぁ」

私の手をどけて、絵里が不満げな顔をする。

「あ、ごめん。あの、ウサギさんが……その……」

まごまごしている私をしばらく見上げ、絵里は何かを悟ったようにニヤリと笑うと、親指を立てた右手を、ビッと背中の後ろに向けて言った。

「行ってきな」

私は小さくお礼を言って駆け出す。彼女が突然見せてくれる気遣いには、今まで何度助けられただろう。

二人の姿が建物の陰に隠れて見えなくなった辺りで、右手にスマホを握りしめたま ま、私は小さく声を出す。

「ごめんホズミ君、お待たせっ」

今日もまた話せる事が、私の中に来てくれた事が嬉しくて、胸は音を立てて高鳴り、頬が熱くなるのを感じる。

　でも、私の頭の中に、彼の声は響かなかった。

「……ホズミ君？」

　寝ぼけているんだろうか。意識を左胸に向けると、そこにはまだ確かに彼の熱がある。

「おーい、ホズミくーん」

　不安がざわざわと心を波立たせ始める。思えば数日前までは、ウサギさんが喋らないのは当たり前の事だったのに。彼と話せる事を知ってから、心はどんどん欲張りになって、その分、怖がりにもなっている。彼に何かあったんだろうか。それとも、何か、嫌われるような事をしちゃっただろうか。

（あ……）

　頭に声が響いた。

（あい、か？）

「よかった、ホズミ君。もう、どうして黙ってたの？」

　ほっとして、身体の強張《こわば》りが解けていくのが分かる。

（あれ？　僕、どうしたんだっけ……）

「ふふっ、やっぱり寝ぼけてる？」

（えっと……ああ、タイムカプセル……）

「うん、昨日埋めたね」

（え、昨日？　あ、ああ、そうか。昨日か）

ホズミ君はかなり重度に寝ぼけているようだ。時計の針はもう正午もとっくに過ぎてティータイムになっているというのに、一体どんな生活を送っているんだろう。夜間学校にでも通っているんだろうか。……それとも。

「また、私と話すために、こんな時間に眠ったの？」

彼は少しだけ間を空けて。

（そうだよ）

照れ隠しもない、真っ直ぐな言葉に、心臓が甘く締め付けられる。これが、相手の顔が見えない電話だったら、スマホを耳に押し当てながら恥ずかしさと嬉しさでじたばたしていただろうけど、身体を共有している今はそうはいかない。

「あ、そうだホズミ君！」

（えっ、何？）

自分の妄想で、危うく忘れかけていた目的を思い出す。私は右手のスマホを持ち上げて視界に入れた。

「連絡先！　交換しようよ！　そうすればホズミ君が眠って私に入らなくてもやりとりできるし、電話もできるよ！」

もっと早くにこうすればよかったんだと悔やむようなアイディアだと思ったけど、私の左胸は微かに悲しく軋んだ。

（……ごめん、僕、ケータイ持ってないんだ）

「えっ、今どきの高校生でそんな事がありえるの？」

彼は少し笑って、（そういう人もいるんだよ）と言った。

「そっかぁ、残念」

そう答えながら私は、もしかしたらそれは、彼の優しい嘘なのかもしれない、なんて根拠のないことを、先程の胸の痛みを思い出しながら考えてしまう。もしそうなら、そんな嘘をつく理由は……

（……葵花は、お買い物してたの？）

「友達と遊んでたんだけど、ホズミ君が来たから抜け出してきちゃった」

（え、大丈夫なの）

「うーん、まあ、大丈夫かな。あ、そうだ」

私はスマホのロックを解除してメッセージアプリを開くと、絵里に向けた文字を打ち込む。

『ごめん、デートしてきます！』

私の視覚を共有している彼が、胸元の温度を熱くした。

（ちょっ、デートって）

送信ボタンをタップする。すぐに驚いた顔のスタンプが来て、画面をオフにした後もメッセージの着信を示すバイブが何度も振動した。けど、私は構わずスマホをバッグにしまう。ごめん絵里、亜子。後で謝らせて。

いつ来てくれるか分からない、電話もできない彼がいる、今。私にとって、すごく大事な時間なんだ。

「ふふっ、じゃあ行こっか」

弾む胸に背中を押されるように、軽やかに歩き出す。

（どこに？）

「どこって、デートだよ」

（……恥ずかしながらデートってしたことないんだけど、どうすればいいんだろう）

「私もないけど、まあ、一緒にお店見たり、お散歩したり、お茶したり、かな」

（僕はそこにはいないけどね……）

「一緒にいるようなもんだよ！　あ、でも、こうして私が一人でぺらぺら喋ってたら、かなり怪しい人だね」

（ケータイを耳に当てればいいよ。そうすれば電話してるように見えるだろ？）

「……ホズミ君、天才」

バッグからスマホを取り出して、耳に当てた。私の左胸はずっと、楽しく跳ねている。

こうして私達の、不思議な日曜日のデートが始まった。

▶▶

正直、自分が今どうなっているのか、分からない。

葵花の体に身を委ねてモールを歩きながら、途切れていた自分の記憶を辿ると、僕はあの、タイムカプセルを掘り出した川辺で倒れたはずなんだ。もしかしたら、僕はもう死んでいるのかもしれない。死んでいなくとも、あの小雨《こさめ》に濡れる雑草の上で生死の境を彷徨《さまよ》っているのかもしれない。

もしあのまま、僕の体が冷たく動かなくなったら、どうなるのだろう。僕の精神はこのまま、三年前の葵花の体の中に留まり続けるのだろうか。そうだとしたら……、案外悪くない、と思ってしまう自分がいる。

あっちの世界に戻っても、そこに葵花はいないんだ。こっちで彼女の中に心地よく同居して、身体感覚を共有している事をたまに嫌がられながら、それでも今みたいに楽しくやっていけるなら、それはどれだけ幸せな事だろうと、考えてしまう。でも、それはつまり——

「あ、見て見てホズミ君！　かわいい！」

ケータイを左耳に当てた葵花が、パステルカラーで溢れるぬいぐるみショップの前で足を止めた。店頭に飾られている、丸くデフォルメされたウサギのぬいぐるみを撫でている。右手にふわふわと柔らかな感触が伝わってくる。

（電話しながら「見て見て」は結構な違和感があるよ）

「あはは、みんなそんな細かい事は気にしないって」

彼女の心臓が、心地よく脈打っている。細かい事は気にしない。その言葉が、心の中で甘く反芻される。そうだ、細かい事は気にせずに、今のこの幸福を堪能《たんのう》しよう。

僕達はそのままお喋《しゃべ》りをしながら、様々なお店を見て歩いた。彼女は雑貨屋で、てっぺんにウサギの耳が生えたようなピンクのスマホケースを買った。

(耳が邪魔じゃないの?)と僕が疑問を零すと、「それがいいんだよ」と嬉しそうに彼女は答えた。ウサギが好きなんだろうか。

買い物袋を下げて、ケータイを耳に当てながらぶらぶらと通路を歩いていると、前方に友人の姿が見えたのか、葵花は慌て出した。

「やばっ、ホズミ君、隠れよう!」

(え、電話してるフリでやり過ごせばいいんじゃないの?)

「ダメ! デートしてくるって言って一人で歩いてるとか、それ絶対寂しいヤツじゃん!」

葵花は急いで、近くにあったブティックに駆け込んだ。色鮮やかな服が並べられた棚に身を隠して通路を見守っていると、彼女の友人二人が談笑しながら、不運にも今隠れているお店に入って来るのが見えた。

「ウソでしょっ」

(あははは)

「笑うなー!」

僕の他人事な笑いに小声で抗議する彼女の心臓が、早鐘を打つ。もっと鼓動回数を大事にして欲しい、とは、この状況でなくても言える事じゃない。

葵花は友人二人の動向を慎重に観察しながら、歩き回る彼女達《かのじょたち》の死角になるように棚を回り、出口に近付いた所でそっと店を出た。確実に怪しい客だったが、店員さんに声をかけられなかった幸運に感謝しなくては。

「あぁー、緊張したぁ」

小走りで通路を駆けながら、葵花は楽しそうに笑っていた。

友人達と鉢合わせしないように階を変え、僕達はアクセサリーショップに入る。高級店ではない、若者向けのお店だけれど、店内には色とりどりのネックレスやピアス、ブレスレットやヘアクリップなどが、いくつも並んで煌めいていた。

(女子ってやっぱり、こういうの好きなの?)

「うーん、私は普段あんまりつけないけど、見てると楽しいのは確かかなぁ。ホズミ君は、ピアスしてる女の子は好き?」

(耳たぶに針を刺して穴を開けてるってのが、ちょっと怖く感じるかも)

「分かった。じゃあ私ピアスは開けない」

（ええ、僕の好みとか関係なく、好きにしていいんだよ？）

「いいの、それが大事なんだから」

カジュアルな商品棚から離れ、パーティ向けと思われる煌びやかなコーナーの前で、葵花は足を止めた。

「あ、じゃあこんなのはどうかな」

そう言って、ケータイをバッグのポケットに入れて、棚にあるティアラを一つ手に取ると、それを頭の上に載せながら姿見の前に移動する。

鏡を見る僕の視界には、普段あまり見ることのできない葵花自身の姿が、鮮烈に映っていた。まるで今、僕という人間の目の前に、彼女が立って、向き合っているような感覚。眩暈がしそうなほど、胸が苦しく高鳴っていく。鏡の中の葵花が、にこりと微笑んだ。

「ホズミ君、今、ドキドキしてるね」

（え、う、いや……）

ふふふっと肩を揺らし、彼女は白いワンピースのスカートを摘まんで、小さくポーズを取ってみせた。

「ねえ、似合ってますか？」と、周りに聞こえないよう、囁くような声で。

ウエディングドレスに身を包んだ花嫁のような姿に、否応なく胸が熱くなっていく。素直に褒める事が今は何だかとても恥ずかしくて、僕は冗談めかしたオブラートで照れを隠す事しかできなかった。

（ええ、とてもよくお似合いですよ、お姫様）

鏡の中の葵花は少しだけ目を大きくし、頬を仄かに染めたあと、「星野先生と同じ事言うなぁ」と呟く。その言葉が、僕の胸に引っかかった。

（え、今のって、どういう）

しかし僕の問いかけは、ショップ店員の大きな声に掻《か》き消《け》される。

「ただいま一七時より、店内全品三〇％オフのセールを開始しまーす！」

「え、もうそんな時間なの？」

葵花が慌ててティアラを棚に戻した。

「陽が落ちる前に、やりたい事があるんだっ」

そう言って、賑《にぎ》わい出した店内から葵花は足早に退出した。

このショッピングモールは、屋外の敷地《しきち》内に子供が遊べるような遊具が備え付けてあり、その近くに大きな観覧車がある。それはここから三年後の未来――僕からしたら昨日だけど——でも、変わらず稼働していた。葵花は左耳にケータイを当てながら、その観覧車に乗るための列に並んでいる。

「やばいね、一人で観覧車乗るって、思ってたよりかなり恥ずかしいかも」

（一緒にいるようなもんだよって、数時間前に言ってなかった？）

「それとこれとは違うんだよお」

外は暮れ始めた太陽がオレンジ色の光を投げかけており、蒸し暑かった空気も落ち着いて、心地よい風が吹いていた。

遊園地でもないこの場所で観覧車に乗ろうとする客は多くはないようで、僕達が並ぶ列はするすると進んでいく。

「このショッピングモールね、私が小学の低学年くらいの頃に完成して、それまで周りにこういうのなかったから、最初はすっごい話題になったんだ」

葵花は耳に当てたケータイの送話口に向けて話す。周りの客からしたら、長電話をする女子高生が一人で列に並んでいるように見えるだろう。

「その頃はこの観覧車も大人気で、一時間くらい並んでたよ」

（あ、乗ったことあるんだ）

「うん。お父さんが連れてきてくれたんだ。疲れたーって駄々こねる私をおんぶしてくれて、愚痴も言わずにずっと並んでくれてたな」

(……そっか。優しいお父さんだね)

「うん」

やがて葵花の順番が来て、彼女は多少ぎくしゃくとしながらチケットをスタッフに渡し、見た目上は一人で、赤色のゴンドラに乗り込んだ。片側の椅子に腰かけ、「ふうぅ」と息をつく。

「一人で観覧車に乗る寂しい子って思われなかったかなぁ」

(細かい事は気にしない)

と、僕は笑いながら今日の彼女の言葉を引用した。

「そっか、そうだね。今は今を楽しまないと!」

ゴンドラは僕達を乗せ、ゆっくりと浮上していく。始めはモールの建物が視界を占めていたけれど、高度が上がると、次第に景色も開けていき——

「わあ」(おお)

僕達は同時に感嘆の声を零した。

建物の向こうに広がる街が、木々が、雲が、人々が。全てが黄金色の夕日を浴びて、優しく波打つ光の海のようにキラキラと輝いている。葵花の瞳を通して視《み》るその景色は、どこまでも優しく、温かな色彩として僕の意思に流れ込み、心を震わせる。自然と目頭が熱くなり、一粒の涙が零れたけれど、それは二人のどちらが流したものなのか、僕は分からなかった。

「ねえ、ホズミ君」

その奇跡のような光景を眺めながら、葵花が静かな声を出す。

「今日、すごく楽しかった」

（うん……。僕も、楽しかった）

素直に同意できた。雄大な景色は、照れや臆面なんていうしがらみから、人を解き放つのかもしれない。

「ねえホズミ君」

葵花が再度、僕を呼ぶ。

（うん）

「やっぱり、私、」

そこで呼吸を止めた彼女の唇が、次にどんな音を発するのか想像できて。そして、それに答えるべき僕の言葉も心に浮かんで、胸が痛い。

「逢いたいなあ」

彼女が微笑んでいるのが、頬の感覚で分かる。でも再び流れた涙は、今度は葵花のものだと、はっきり理解できた。

ずっとここにいられたら……。そんな甘い想像もした。でも、やはりそれは、本当の僕達ではないんだ。

でも、本当の、僕達は……

(……葵花)

「はい」

僕は彼女の右手を動かして、彼女の右頬に触れた。その柔らかな皮膚の下に、温かな血が流れているのを感じる。

左頬を撫で、髪を撫でる。葵花は僕に身を委ねるように、触れられる感触に意識を向けるように、そっと目を閉じた。僕の視界も閉ざされるが、瞼の向こうに夕焼けが優しく差しているのを感じる。

(今は、難しいけど……。いつか、絶対、)

「うん」

（……逢おう）

「……うん」

彼女が笑顔になるのが分かった。細められたその目尻から、再度雫が溢れ出し、温かく頬を伝う。

僕も、逢いたい。君に逢いたい。どうしようもなく、そう思う。僕の手で、触れていたい。抱きしめたい。

そのためには、やはり、僕がいるべきなのは、ここではない。

僕の体は、どうなっている。まだ生きているのか。それならやるべき事があるだろう。呑気《のんき》に寝ている場合か。

熱く燃えるような胸で、唱えるように叫ぶように、強く強く思う。

目覚めろ。

目覚めろ、目覚めろ。

目覚めろ、目覚めろ、目覚めろ！

「あっ……」

観覧車のゴンドラが頂上に差し掛かる辺りで、胸の中の熱がふっと消えた。

黄金色の景色も、心なしか少しだけ暗くなったような気がする。彼はいつも、突然いなくなる。

私は涙を拭い、一人ぼっちになったゴンドラで、彼が触れた頬や、髪を、なぞるようにそっと撫でた。

◀◀

観覧車を降りると、偶然外を歩いていた絵里と亜子に出くわす。絵里が私を見つけ、嬉しそうにニヤリと笑った。

「おっ、女の友情をほっぽり出してデートしてた裏切りものがここにいたぞー。……って、あれ、どうした葵花？」

赤い目をした私を見て驚いたのか、絵里は私に近付き、背中を優しくさすってくれる。

「何か嫌なことされたの？　私がぶっとばしてきてやろうか？」

私は首を横に振る。優しくされて、また涙が溢れてくる。

「どうしよう、絵里。私……」

「うん。言いな。聞いてあげる」

彼女の胸元に額を当てると、優しい友人は私の肩をそっと抱いた。

「私、好きすぎて、苦しい」

絵里は小さく笑って、私の頭をぽんぽんと叩く。

「そっか……。でもそれって、すっごく、幸せなことだと思うな」

「そうかな」

「うん……。ていうかさ、」

そこで絵里は私の頭から手を離し、

「私達放置しておいて、何ノロケてるんじゃー！」

そう言って私の脇に両手を差し込んでくすぐり出した。堪え切れず私は噴き出す。

「葵花にはクレープ奢《おご》りの刑だからね！」

「わかった、わかったからやめてぇ！」

日曜日の夕暮れは、こうして私に様々な感情を残して、過ぎていった。

▶▶

暗い海底から突然浮上するように、僕の意識は光の中で覚醒した。

弾かれるように目を開け上半身を起こすと、いかにも病室といった雰囲気の部屋の、その端のベッドで寝かされていたようだった。外は夕方なのか、部屋は蛍光灯の明かりの他に、オレンジ色の光が差し込んでいる。

どうやら僕は、まだ生きている。それを左胸の鼓動が教えてくれていた。

「……起きたんだ」

女性の声がして後方を見ると、つい先日会ったばかりの人が、相変わらず不機嫌そうな表情をして立っていた。

「絵里さん⁉」

彼女はどこか照れくさそうに、僕から目を逸らして窓の外を睨みながら言った。

「悪いけど、身元確認ってことで、アンタの学生証とか保険証とか、見させてもらったよ。もちろん私の勝手じゃなくて、お医者さんと一緒に、だからね」

もしかして、この人が、僕を助けてくれたんだろうか。

「アンタ、八月朔日行兎って名前なんだね。変な名前だね」

ぶっきら棒な声で話す目の前の人に、夢の中で見ていたような気さくさがないのは、僕が葵花ではないからだろうか。それとも、流れた時間のせいだろうか。

「アンタが眠ってる間にお医者さんが検査してたけど、特に異常は見つからなかったって。至って健康な体だって言ってたよ。よかったね」

「あの、ありがとう、ございます。助けてくれて」

「……私の目の前で人が死んだら嫌だったってだけだよ」

「それでも、助かりました」

絵里は一つ息を吐き出すと、一度悩むように俯いて、そして真剣な眼差しを僕に向け、言った。

「アンタ、もしかして……葵花が『ウサギさん』って呼んでた人、なの？」

体に電撃が走ったように感じた。

「知ってるんですか！」

ベッドから身を乗り出すように尋ねると、彼女は後ろの棚に置いてあったものを手に取り、僕に差し出した。それは、僕がさっき掘り出した、葵花のタイムカプセルの缶だった。震える手で、それを受け取る。

「意識がないはずなのに、それだけはしっかり抱き締めてたから、救急の人が離すのに苦労してたよ」

僕は気を失う前、その缶を落としたはずだった。考えられるのは、葵花が僕の身体を動かして、拾ってくれたという事くらいだ。

「悪いけど、これも、開けた……。こっちは私の、独断で。あ、でも、その中身までは開けてないからね！」

絵里に促され、僕はその缶を開けた。中には、夢でも見た、飾り気もなく文字もない真っ白な洋封筒が入っていた。それをつまみ上げ、裏返すと、ピンク色のインクで小さく文字が書かれているのが見える。封筒の右下に、彼女の名前、「鈴城葵花」。その左上に、「ウサギさんへ」。

ハッとして、僕は絵里を見上げた。

「中学の時の友達グループでさ、かわいいレターセットを買って好きな人にラブレターを書くってのが流行った事があったんだ。もちろん、みんな勇気がなくて実際には出さないんだけどさ。出せなくても、学校に持ち寄ってきゃあきゃあ言うのが楽しかったんだ。……そのグループに葵花もいて、私は書いてないよって顔を赤くして否定してたんだけど、あの子も、こっそり書いてたんだ……。そのピンク色のゲルインクのボールペンも、好きでよく使ってたから、間違いないと思う」

葵花がタイムカプセルに入れたのは、彼女が中学の時に僕に宛てて書いた手紙、だった。

開けてみなよ、と絵里に言われ、僕はその封を切った。中に折り畳まれていた便箋も真っ白なもので、彼女の性格を表しているようだった。それを丁寧に広げると、中には葵花の整った美しい字が、こちらは黒のインクで並べられていた。

拝啓、ウサギさん。

お元気ですか。私は元気です。
友達の間でラブレターを書くのが流行っているので、私も書いてみることにしました。
とはいっても、彼女達と違って、私はこの手紙の渡し先がよく分かりません。
なぜなら、あなたはいつも、私の心の中にいるからです。
（あ、こんな風に書くと、何かちょっと恥ずかしいポエムみたいですね）
でも本当に、あなたは、子どもの頃からたまに私の中に現れて、
私を大切に思ってくれているのが、不思議と伝わってきました。

私はそれが嬉しくて、あなたが来てくれる度に、心が温かくなるのを感じていました。
イヤな事があった時とか、寂しい気持ちの時、あなたの存在にいつも助けられました。
どこか寂しげな気配も感じるあなたを、温めてあげたいと思いながら、
私もまた、あなたの存在に温められていたのです。
・・・あれ、ラブレターって何を書いたらいいんでしょうか。
まあいいか、どうせ読まれる事もない手紙です。好きなように書いてしまいます。
いつも静かに泣いているようなあなたが、笑顔になってくれる事を祈って。
声も、姿も、名前も、分からないけれど。
いつからか、気が付いたら、それはとても自然に。
そして、とても、強い気持ちで。
ウサギさん、私はあなたが好きです。
これまで、ずっと好きでした。
そして、たぶん、これからも、ずっと好きです。
いつか、あなたにあって一緒に笑える日が、来るといいな。
読み終えた後、丁寧に便箋を元通りに折って封筒にしまうと、両手で顔を覆って苦

しい程の愛おしさを噛《か》み締《し》める。

僕が、彼女を想っていたのと同じように、彼女もまた、僕を想ってくれていたのか。しかも、夢で言葉を交わすよりもずっと前から。僕に、逢いたいと、思ってくれていたのか。

父が家を出て行った頃からずっと欠乏していた、自身の存在の承認——自分はこの世界に存在していていいのだと許されているような感覚が、彼女の言葉によって、熱を持って胸の中から全身に行き渡っていく。

「あのっ、気持ちは分かるけどさ」

絵里の少し焦ったような声が聞こえた。

「泣いてばかりいても、しょうがないっていうか……まあ、なんていうか、その、元気出してよ」

心配されているのだという事に気付いて、少し嬉しくなる。

「昨日は、門前払いだったのに、今日は優しいんですね」

顔を覆っていた手を下ろして、微笑んで答えると、絵里は顔を真っ赤にした。

「なっ、泣いてないのかよ！　騙《だま》された！」

「あはは、騙してなんてないですよ」

「だって、昨日は、突然だったし、なんか君の態度も初対面にしては失礼な感じだったし、変なヤツって思っちゃって、敵意剝《む》き出《だ》しにしちゃった……ゴメン」

絵里は僕を「アンタ」と呼ぶのをやめてくれたようだった。

「それに、今は、君が葵花の特別な人なんだって、分かったし」

「あれ？　葵花の事、親友なんかじゃないって、言ってませんでした？」

「それは……だって」

彼女の目に、涙が浮かんでいくのが見えた。窓から差し込む夕焼けが、その涙を茜色《あかねいろ》に輝かせていく。

「だって」

零れ落ちた涙を隠すように、今度は絵里が顔を両手で覆った。その陰から、震える声が聞こえた。

「親友だったら、話して欲しかったんだよ。なんで相談もしないで一人で逝っちゃうんだよ。残された人達がどれだけ悲しくて、悔しくて、寂しい思いをするか、どうして考えてくれなかったんだよぉっ」

絵里は堪えられなくなったようにその場にしゃがみ込み、声をあげて泣き出した。

そうか。そういう事だったのか。

僕はほっとして、また嬉しくなった。葵花、聞いてたか？ 君の親友は、君の事を嫌ってなんていなかったよ。今でもずっと、君を好きみたいだよ。

ベッドから出て、泣きじゃくる絵里の近くに僕もしゃがむ。

「絵里さん程じゃないですが、僕も葵花の事を知っていて……、彼女は、あなたを、ずっと一番の友達だと思っていましたよ」

絵里は一度顔を上げて僕を見ると、すぐに顔をくしゃくしゃにして、また涙を溢れさせた。そのまま彼女は、溜め込んで抱え切れなくなっていたわだかまりを少しずつ解き放つように、うずくまって声をあげて泣き続けた。

彼女が落ち着いた後、病室を出て支払いを行うと、桁が一つ違うのかと思うような額で目を見張った。財布の中の手持ちでは足りず慌てていると、絵里が半分以上立て替えてくれた。そのうち返して、と照れ隠しのようにぶっきら棒な声で告げる彼女に、僕は深く頭を下げた。

病院を出るともう暗くなっていて、雨は止んでいた。夜空には久しぶりに見る星が、いくつか瞬《またた》いている。駅まで送ってくれるという絵里と歩きながら、僕は話した。

「あの、絵里さん」

「何？」

「さっき、どうして葵花は何も相談してくれなかったって、言ってましたけど」

「うん」

「僕は、葵花は……他殺の可能性もあると、思っています」

絵里は何も言わずに僕を見た。

「彼女は自分で自分を終わらせるような人じゃないって、絵里さんも思いませんか？」

「……ずっと思ってた。でも、後から聞いたけど、葵花、軽いイジメみたいなのを受けてたって」

彼女は俯いて、拳を固く握っているように見える。

「それは、確かに、あったかもしれませんが……。でも彼女、生きていれば、いいことはもっといっぱいあるって、言ってて」

「それ、葵花っぽいな」

「だから何か、心当たりがあったら、教えて欲しいんです」

絵里は、何か考えているように呼吸を三つ挟んでから、口を開いた。

「そういえば、星野先生の車で、たまに家まで送ってもらってたみたい」

僕は唾を飲み込んだ。そこに、繋がるのか。葵花と過ごしたあのアクセサリーショップで、彼女が不意に星野先生の名を零したのを思い出す。

「あ、星野先生ってのは、私達が通ってた高校に臨時で来てた数学教師で、その人、ものすごいイケメンで女子はみんな夢中になってたんだけど、悪い噂もあったんだ。まあたぶん、女子に相手にされなくなった男子が腹いせに流したようなものなんだろうけど」

「どんな噂です？」

「ファンの女子生徒を自宅に連れ込んで、その……良からぬことをしてる、とかさ。しかも、取っ替え引っ替え」

「……そうなんですか。情報ありがとうございます」

絵里は慌てたように付け足した。

「あっ、あくまでも噂だからねっ？　これで変な行動起こしたりしないでよね！」

「ははっ、大丈夫ですよ」

やがて駅に辿り着き、僕は絵里に何度もお礼を告げ、彼女は「いいってそんな」と照れくさそうにしていた。

別れの挨拶をしようとしたが、ハッと気付いて絵里に少し待ってもらうと、コンビニに駆け込んでＡＴＭでお金を下ろし、病院の代金を返した。気付けてよかった。

僕はもう、この人に会えないかもしれないのだから。絵里は少し驚いて、真面目だねぇと笑ってそれを受け取った。

絵里の背中が見えなくなった後、僕は電車に乗った。何だか体がとても疲れているように感じる。今日は一日の大半を眠って——というよりは意識を失ってしまっていたようだけど、アパートに帰って布団に潜れば、すぐにでもまた眠れそうな気さえする。

乗客がぽつぽつと乗っている程度の車内でシートに座っていると、なぜか僕の目から、僕の意に反してぽろぽろと涙が零れ出した。何事かと思ったが、軽い眩暈ですぐに思い当たった。周りの乗客に怪しまれないように、僕は席を立ってドアに寄り掛かるように立つと、外を眺めている風を装って顔を隠し、小声で話す。

「葵花、いるんだね？」

(うん。うん。よかった、私、絵里に嫌われてるわけじゃなかったんだね。よかった。ホズミ君、ありがとう)

葵花は震える声で何度も涙を流しながら言った。彼女の涙が僕の頬を温かく伝っていくのが、窓ガラスに反射して見える。

「うん、よかったね……。聞いてたんなら、出てくればよかったのに」

彼女は小さく首を振った。

（だって私、やっぱり、幽霊みたいなものだから。私が出て、前みたいにホズミ君が怖がられたら、悲しいし）

「そんな事ないと思うけどなぁ」

（ううん、でもやっぱり、私を知ってくれているホズミ君がいればいいって思ったよ）

とくん、と彼女の心臓が心地よく鳴った。

（手紙、読んだんだよね）

「……うん」

（あはは、やっぱり恥ずかしかったなぁ。読ませるつもりなく書いたやつだったから）

とくんとくん、と鼓動が速度を増す。体が熱くなっていく。心の内側は伝わらなくても、心臓の拍動は共有してしまう。言葉にしていなくても、きっと僕の想いも君に伝わってしまっているのだろう。

（あの時の私は、こんな事になるなんて、思ってもいなかったな……）

伝わっていても、人は言葉や態度で表して欲しくなる。確証が欲しくなる。

（ねえ、ホズミ君も、私の事――）

胸の高鳴りが、さらに速くなった。心地いい、酔ってしまいそうな、甘美な君の鼓動。僕だって。僕だって、君をずっと――

でも今は。

言葉にして通じ合ってしまえば、僕の命に未練が生まれる。今の君に、寄り掛かってしまう。それは、君の悲しい運命を容認する事だ。

「葵花、聞いて」

苦しさを呑み込んで、彼女の言葉を遮るように、僕の声を発した。

「僕はもう一度、星野先生と話してみようと思う」

（え……）

葵花は視線を上げ、窓ガラスに映る僕を見た。そこにいる僕は、君にはどう見えていただろうか。

◀◀

月曜、朝。雨は小降り。

家の玄関で、星野先生が買ってくれた焦げ茶色のローファーに足を入れた。ざわざわと胸が騒ぎ出す。大丈夫、きっと、人生はうまくいくようにできている。そう自分に言い聞かせて、元気よく家を出た。

いつものように絵里と通学して、下駄箱まで辿り着くと、ビニール袋に入れていた上履きに履き替えて、空になった袋に、脱いだ外履きを入れた。

そして、鞄から手紙を取り出して、何も入っていない自分の下駄箱に置く。そこには小さく、「靴を隠した人へ」と書いてある。半分折りにしたその手紙の内側には、「私の言動で何か不愉快を与えていたなら謝りたいし、嫌がらせを受けてもどうすればいいか分からないので話し合って改善したい、だから今日の放課後に中庭に来て欲しい」という内容の文を書いておいた。

これで、ものすごく怖い人が来たらどうしよう。また不安や怖さがじわじわと心ににじり寄って来るけれど、深呼吸でそれを追い払って、なるようになるさと心で唱えると、私を待っていた絵里のもとへ駆けて行った。

午前の授業を終え、昼休みに下駄箱の様子を見に行ってみると、置いていた手紙がなくなっていた。届いたんだろうか、と緊張が増す。

午後の数学は、星野先生が担当となる初回の授業だった。先生は特段緊張している様子もなく（初めは寧ろ生徒達の方が緊張しているようだった）、にこやかにジョークも交えた自己紹介で教室の空気を和ませ、楽しい雰囲気でスムーズに授業を進めていった。臨時採用という事だったけど、「先生」が上手い人だな、と私は思った。なんだかそれも、上から目線だけれど。それともその素敵な先生の姿も、彼の演技なのだろうか。だとしたら、それはそれで、すごい人だと思う。

チャイムが鳴って授業が終わると、活発なタイプの女子達がこぞって星野先生を取り囲んでいく。私は自席でその様子を見るともなく見ていると、先生はにこやかに女の子達に応対しながら、私を見た。ばちりと目が合ってしまい、慌てて私は窓の外に視線を逃がした。

そして、放課後。

緊張しながら足早に中庭に向かうと、まだ小雨が降っていたので傘を差して、中央にある噴水の側に立った。噴水は私が入学した時から稼働しているのを見たことがなく、もともと白かったであろうそれは緑の苔《こけ》や泥の茶色で見る影もなくなっている。雨のおかげか、中庭には私以外は一人も生徒がいないのがありがたい。

何度も深呼吸して、心に忍び寄る不安や怖さの影を追い払っていると、中庭に出る扉の一つが開いた。飛び跳ねる心臓に叩かれるようにそちらを向くと、出てきたのは、私と同じ演劇部一年の——

「岡部《おかべ》さん……？」

彼女は傘を開いて黙って私の前まで歩き、立ち止まると、何も言わないまま俯いた。

小柄で、黒縁のメガネをかけ、顔を隠すような黒髪ロングボブの彼女は、クラスが違うのでほとんど話したことはない。部活でも照明や音響などの裏方をやっていて、あまり人と関わろうとしないから、一人が好きなのかなと思っていた。

「……ここに来てくれたって事は、岡部さんが、私の靴を隠したの？」

彼女は少し逡巡するように口を動かした後、無言で頷いた。私の目を見てくれない。

「上履きに、画鋲を入れたのも？」

岡部さんは顔をしかめると傘を持っていない方の手で目元を覆い、肩を震わせた。白く細い指の隙間から震えた声が聞こえてくる。

「ごめん、なさい。ひどい事を、しました」

その言葉に、心を縛っていた緊張と不安が、するすると解《ほど》けて溶けていくように感じる。私を脅かしていた正体の分からなかった悪意は、ベールを剝がせば同い年の小さく震える女の子だった。

　心に残っていた遺恨を吐き出すようにゆっくりと息をして、私は声を出す。

「あの……私も、悲しかったり怖かったり悔しかったりしたけど、謝ってくれるなら、許せるよう頑張るから。それで、どうしてそんな事をしたのか、教えてくれる？　私に非があったのなら、こっちも謝りたいし改善したいんだ」

　岡部さんは顔を覆っていた手を下ろし、私を見た。目が赤くなって、涙で濡れた跡がある。

「……鈴城さんが、星野先生と、仲良さそうなのが、嫌で」

「えっ」

　予想外だった。だって私は、自分が星野先生と仲がいいという実感がまったくなかった。そんな私の心を読んだのか、岡部さんは瞳に不満の色を滲ませて言葉を続けた。

「車で一緒に帰ったり、傘を貸してもらったり、廊下で二人で話したり、してたじゃん」

「いや、それは、傘が盗まれて困ってた所に偶然先生が来たとかで、全然仲良くなんてないよ？」

「でも、髪、触られてた。付き合ってるんじゃないの？」

その言葉に、顔が熱くなるのを感じる。あの日、見られてたんだ。
「それは、先生の方から来ただけで……。ていうか私、他にずっと好きな人いるから
ね？　信じて？」
「そうなの？」
彼女は縋《すが》るような目で私を見る。目立たないような子だけど、守ってあげたくなる
ようなかわいさがあるな、と思った。
「そうだよ。だから私は星野先生とは何もないから安心して。岡部さんは、先生の事
好きなんだね？」
私の言葉に、岡部さんは顔を赤くして頷いた。
「彼が先生になる、前から……」
「え、知り合いだったの？」
「兄が劇団にいて、私もたまに手伝いに行ってたから、そこで知り合ったんだ」
岡部さんは、劇団で運命的に出会った星野先生と話したり、たまに優しくされたり
して、すっかり好きになっていたらしい。先生が大学卒業と共に退団してしまって会
う機会が減り、落ち込んでいた所、自分の高校に教師として赴任すると知って驚いて
喜んだ、と。ずっと憧れていた人に再会して、その人が他の女の子達からちやほやさ

れていたら、随分やきもきしたことだろう。

「でも、だからって、私に嫌がらせをしても、何も解決しないよ」

彼女はまた泣きそうな顔になって頭を下げた。

「本当に、ごめんなさい。感情が抑えられなくて、どうかしてました」

そう、感情はモンスターなんだ。暴れると手に負えなくて、自分でも思わぬ行動に繋がってしまう事もある。私も、気を付けなくては。

背負っているリュックを下ろし、ファスナーを開け、岡部さんは中からビニール袋に入った何かを取り出して、私に差し出した。受け取って中を覗くと、それはなくなっていた私のローファーだった。ちゃんと、取っておいてくれたんだと、安堵に胸を撫《な》で下《お》ろす。

「ありがと」

微笑んでお礼を言うと、岡部さんはふるふると首を振った。

「許して、くれるの？」

「うーん、こっちはすごく悲しくて怖い思いしたんだよ？」

「うう、そうだよね……」

彼女はまた目元に涙を浮かばせた。充分反省しているみたいだし、靴も返してくれたし、仕返しはこれくらいでいいか。

「じゃあ、私のお願いを聞いてくれる？　そしたら許してあげる」

「う、うん、私にできることなら……」

「私と、友達になってよ」

そう言うと、岡部さんはぱあっと顔を輝かせた。

「うん、うん、なる！　いいの？」

「で、約束して。もう嫉妬で苦しくても陰で他の人に嫌がらせはしない事」

「うん、約束する」

「あと、今は教師と生徒だからダメだけど、卒業してても好きだったら、ちゃんと星野先生に気持ちを伝える事」

「う、うん……頑張る」

彼女は胸元で拳をぐっと握ってみせた。たぶん、根はいい子なんだろう。

仲直りした私達は、一緒に遅れて部活に参加した。部長に謝って、体操着に着替えてから二人で柔軟を始めた。星野先生は、まだ来ていなかった。

▶▶

月曜日、学校に登校すると、前の席に座る友人に話しかけた。

「なあ、知ってたら教えてくれ。星野先生について、何か黒い噂みたいなの聞いた事あるか？」

小河原は体をひねって、不思議なものを見るような目を僕に向けた。

「おうどうしたの、ホズミンが他人に関心を向けるなんて珍しいじゃん。……ていうかなんか顔つき変わった？」

「え、そうかな」

「うん、今までどこか遠くだけ見てぼんやりしてるような顔だったけど、今はなんか、近い未来を見据えてるみたいに、キリっとしてる感じする」

そう言われて、思っていた以上にこの友人が僕という人間を意識して見てくれていたんだと気付き、ありがたく思った。

「まあ、ちょっと、色々あってね」

「そっかそっかぁ、いいと思うよ。で、星野先生の噂だけど、確かに黒いのも聞くけどさ、男子連中が星野株を落とそうと意図的に広めようとしてるようなのがほとんどだよ。でもまあそれも、星野ファンの女子達は意にも介してないみたいだけどさ」

絵里も同じような事を言っていた。学校というのはどこでも同じなんだろうか。

「あぁでも、あれはちょっと信憑性《しんぴょうせい》あったかな。元教え子の女子大生と付き合ってる、っての」

やはり噂程度では、あまり有益な情報にならなさそうだ。ひとまず僕は小河原に礼を告げた。

「そうか、ありがとう」

「いいってことよ。ところで先週の金曜はどしたの？　カゼでもひいてた？」

「え？　ああ」

色々あって忘れていたが、そういえば僕は金曜は病欠扱いになっているんだった。あれから、夢で見るドナーの女の子の生家まで行って泊まらせてもらい、彼女の友達の家まで押しかけて警察呼ぶぞと脅され、タイムカプセルを埋めて翌日に掘り起こし、意識を失って、ショッピングモールでデートして、病院で友達と仲直りして、で、帰ってきました。なんて、そんな事言える訳がない。

「……ちょっと、色々あって、頑張ってた」

詮索されるかと身構えたが、小河原は眉を上げ、「ふうん」と呟いた後、にやりと口角を上げて、

「いいじゃん」

それだけ言い、親指を立てた右手を見せると、黒板の方に向き直った。若干拍子抜けしたが、この距離感もこいつの気遣いなのかもしれないな、と思い、ありがたくなる。

ふと窓の外に向けた視線の先では、分厚い雨雲を切り裂いて、朝日が一筋のレンブラント光線を放っていた。

昼休みに訪ねた職員室では、星野先生を見つける事はできなかった。その代わりに担任と話して、星野先生について教えてもらった。担任は星野先生と仲がいいようで、彼の経歴や趣味まで、気さくに語ってくれた。普段無愛想な僕が積極的なのが嬉しいのかもしれない。

数学の時間に先生の顔を見る事はできるが、授業終了後の先生は女子生徒達に取り囲まれるから、声をかけられそうにない。放課後に再度行った職員室で、ようやく星野先生を捕まえる事ができた。

「あれ、ホズミ君、どうした。体調はもういいのかい？」

先生は自分の椅子に座ったまま、柔らかな微笑みを浮かべて僕を見上げた。デスクには、参考書や問題集など様々な資料が載っている。

「はい、もう平気です。それで、星野先生と、お話ししたい事があるんですが、お時間よろしいですか？」

僕の言葉に、先生は嬉しそうな顔をした。

「おお何だ？　授業の事？」

「いえ、鈴城葵花さんについてです」

先生の笑顔が一瞬だけ固まったように見えたのは、僕がこの人を疑ってしまっているからだろうか。その微細な変化に気付けるくらい、自分でも不思議なほど落ち着いているからだろうか。

「ああ、確か、過去に文通してたんだっけ？」

「……ええ。あの、ここはちょっと騒がしいので、どこかで二人で話せませんか？」

「デートのお誘いかい？　悪いけど予約はずっと先まで埋まってて――」

「すみませんが、僕は真剣です」

茶化す先生の言葉を遮るように放った声は、自分でも思った以上に大きくなった。

周りの教師達がちらりとこちらの様子を窺うのが視界の端に映る。それは効果的だったのか、星野先生は肩を竦《すく》めて言った。

「分かったよ。ただ、明日の資料作成もあるし、それが終わったら演劇部にも顔を出さなきゃならない。長い話になるなら、ちょっと遅くなるけどその後でもいいかい？」

「はい。お待ちしています」

僕は頭を下げて、職員室を出た。僕が夢で見る過去の葵花が、自殺にしろ、他殺にしろ、命を失ってしまう前に、何としてでもそれを防がなくてはならない。その為には、もっと知る必要がある。何が、彼女を死に追いやったのか。

左胸に針が刺さるような鋭い痛みを感じ、顔をしかめたが、すぐにそれは去っていった。ほっと息をつく。学校で倒れでもしたら大変だ。

放課後の廊下は、部活に向かう人や、足早に帰る人、集まってお喋りに興ずる人などで賑わっている。吹奏楽部が練習しているトランペットやトロンボーンの音も聞こえる。今日も小雨が降っているのにグラウンドで走り込みをしているのか、運動部の掛け声も聞こえる。

ここにいる誰もが、この青春と呼ばれる時間の中に自分の命を持ち、それを全力で謳歌《おうか》しているように感じる。僕は、その熱を持てず、葵花はそれを手放し、或いは、奪われた。ゆっくりと息を吐き出し、廊下を歩いていると、軽い眩暈がして頭の中に声が響いた。

（ねえ、ホズミ君）

「葵花、起きたんだ」

彼女は、僕の頭でこくんと頷いた。

（ホズミ君、違ったらゴメンなんだけど）

「うん？」

（もしかして、私の過去を、変えようとしてる？）

思わず足を止めてしまった。答えに迷ったが、僕の反応がもう無言の回答になってしまっているのだろう。

（私を救おうとしてくれるのは、嬉しいんだけど……ホズミ君の体には、私の心臓が入ってるんだよね？）

左胸が不穏に跳ねた。葵花に直接その事を話してはいないが、彼女が目覚めている時に、何かで知ってしまう事は当然あるだろう。ごまかす事はできない。

「……うん。僕は、君の心臓のレシピエントだ」

（じゃあ、私の過去が変わって、私が生きている事になったら、ホズミ君はどうなっ

った。

　やはり、そこに思い至るのだろう。優しい君に、僕の思惑を気取られてはいけなかった。

「……それは、分からないし、考えちゃいけないよ」

（ダメだよ、ちゃんと考えないと！　もし私が生き延びて、代わりにホズミ君が死んじゃうような事があるんなら、私助かりたくなんてないよ）

　そんな事、言わないでくれ。

　僕は視線を廊下の窓の奥に向けた。二階から見下ろすそこには、下校する生徒達の傘が川に流れる花のように咲き乱れ、校庭のアジサイが雨に打たれて揺れていた。

「僕は、この命に、あまり価値を感じていない。君から命の根幹をもらって生き延びてからも、僕が生き続けるのは、君の心臓の為だと思っていた」

　彼女が息を呑むのを、僕の肺で感じた。

「でも、自分の命の価値を、自分で見出《みいだ》すのならば……過去の君を救えるかもしれないという事が、僕の命の価値だと思う。それはきっと、僕にしかできない事だし、そしてそれができる可能性をこの命が持っているという事を、今は誇らしくさえ、思うんだ」

左胸が切なく痛むのは、君の感情なんだろうか。

「だから、僕が君を救う事を、どうか許して欲しい」

目に映る景色がぼやけて、滲んで、僕の目から涙が一つ零れた。

（……なしなつめ、きみにあわつぎ、はうくずの――）

頭の中の葵花の声が、彼女の好きな歌を口ずさむ。震える声で、葵花は続けた。

（私は、ちゃんと「私」として、ホズミ君に逢いたかった。それだけなのに、どうして、こんな事になっちゃったんだろう）

二つ、三つ、と葵花は涙を零す。泣かないで、葵花。

「少し不謹慎かもしれないけど、こんな事にならなければ、僕達は出逢《であ》えてなかった。お互いの存在も知らないまま、生きて、死んでいっただろう」

彼女の涙を手で拭い、僕は言葉を続ける。

「でも、こんな事になったから、僕は君を知った。君も、僕を知ってくれた。繋がりができた。そして今度は、その繋がりのおかげで、君を救いにいける。それは、とても素敵な運命だと、僕は思う」

空を覆う雲が、少し途切れた。そこから、雨の中に夕焼け色を帯びた光のはしごが降り注ぐ。昔の人が、そこに神様がいると思ったのも頷けるような……

「君が生きても、僕が死ぬとは限らない。その時は、僕が君に、逢いに行くよ。もし僕が、動けなかったら……」

それは、とても美しく、神秘的な光景だった。

「君が、逢いに来てよ」

葵花は何度も、強く頷いた。

(うん、うん、約束する。絶対に、絶対に逢いに行くよ)

僕達はまだ、本当には一度も。「僕達」として逢ったことがない。それでも——

僕は再び廊下を歩き出しながら、君が口ずさんだ歌の続きを詠んだ。

「——のちも、あわんと、あうひ、はなさく」

いつかまた、逢える日を、僕達はずっと夢見ている。

◀◀

秋の発表会に向けた台本の練習をしていると、いつものように何の前触れもなく、胸に明かりが灯るように、温かな温度が現れた。

「あっ」

思わず声を出してしまう。ホズミ君が来たんだ。嬉しくなるけど、部活中はお喋りできないのが残念だ。

練習用の部室を持たない演劇部は、空き教室の机を端に全部寄せて、そこを観客席に見立てて、空いたスペースで劇の練習をする。今は私は出番はないので、先輩達の演技を見ている所だった。

「鈴城さん、どうしたの？」

隣で台本に音響タイミングを書き込んでいた岡部さんが私を見た。

「あ、いや、なんでもないよ」

慌ててごまかす。さっき話した好きな人が来ました、なんて言っても、おかしな奴《やつ》と思われるだけだ。

ホズミ君は状況を理解しているのか、無言でいてくれている。それでも今、私の中に、彼がいる。私の見るもの、聞くもの、触れるものを、彼が共有している。胸のドキドキが速くなっていくのを感じながらもどかしく観劇していると、教室のドアが開いて星野先生が顔を出した。左胸の心臓が、ドクンと跳ねた気がした。隣の岡部さんも、体を小さく縮こめていくのが見えた。

先生は「続けて」と小さく言って壁に背を預け、腕組みをして先輩達の様子を見ている。劇団経験者の先生は、演劇についてのアドバイスも的を射《い》て納得できるもので、既に部員の信頼も得ているようだった。

シーンが一つ演じ終わると、カッチンの代わりに部長が手を叩く。部長の田中先輩は、台本を書いて役者をやりつつ監督もこなすというマルチプレイヤーだった。単純に、部員の数が少ないから、というのもあるけれど。

星野先生が壁から背中を離し、さっき演じていたシーンに助言をした。

「うん、みんなすごくいいね。セリフがちゃんと頭に入ってるし、感情もうまく乗ってるよ。でも、全体的に言葉をもう少しだけゆっくり発音するように心がけてみて。普通にしているつもりでも、客観的に見たり聞いたりすると、思った以上に早くなっちゃっているものなんだ。可能なら、録音なり録画なりで演技を記録して、後で振り返ってみるといいよ」

「なるほど、それいいですね。さっそくやってみましょう」

田中先輩はそう言うと、自分のバッグからスマホを取り出して何か操作をした後、私の隣の岡部さんに手渡した。

「岡部ちゃん、お願いしていいかな」

「あっ、はい」

岡部さんは部長から簡単に操作方法を聞いた後、スマホを構えた。記録に残されるのはちょっと恥ずかしいな、と思いながら、でもそんなんじゃ舞台に上がれないないなと思い直し、私は心にホズミ君を抱えたまま、自分の登場シーンの為に立ち上がった。

部活が終わって解散後、岡部さんにお別れを言って教室を出た。廊下に出るとすぐに口元を手で隠して声を出す。

「ホズミ君、黙っててくれてありがと」

（うん。葵花の演技、よかったよ）

「まだ練習中だから恥ずかしいなぁ」

（ところでさっきの子、断ってよかったの？）

部活終わりに岡部さんから、一緒に帰ろうと誘ってくれていたけど、早くホズミ君と話したかった私は、用事があると断ってしまった。友達になろうと言っておきながら悪いことしたかな、とチクリと胸が痛みつつも、いつ来てくれるか分からないホズミ君との時間も、私は大事にしたかった。

「大丈夫、明日謝っておくから。あ、そうだ見てよホズミ君、買ったカバー付けたんだよ。かわいいでしょ？」

私はバッグからスマホを取り出し、ふわふわのウサ耳がついたケースに身を包んだスマホを視界に入れた。

(あ、ああ、それね。えっと、昨日、だったたっけ)

「そうだよう、何、もう忘れちゃったの?」

私が口を尖らせて言うと、彼は、

(僕、よく寝ぼけるから)

とはぐらかすように笑った。

思えば、タイムカプセルを埋めた日も、そうだった。微かな違和感。あの日彼は、今日が何曜日かを、私に尋ねた。普通の生活をしていれば、土曜日を忘れるなんてことはないんじゃないだろうか。

うまく言葉にできないけれど、彼は、何かが、違う。そんな気がする。

(……ところで葵花、これから僕がちょっと変な事を言うけど、心に留めておいてくれるかな)

「え、うん、何かな?」

私の足は、下駄箱まで差し掛かった。そういえば今日は似たようなローファーを二足持っているけど、どっちを履いて帰ろう。

(これから先、どんな辛い事があっても、絶対に命を捨てるような事はしないで)

「えっ？」

(あと、もし君を傷付けようとする人が現れたら、全力で逃げて、僕を……いや、警察を呼んで)

彼は何を、当たり前の事を言っているのだろうと思った。でも、私の中で、無意識にも疑問に思っていたようないくつかのピースが、パチパチとはまっていくような気がした。

なぜホズミ君は、私の中に現れるのか。

なぜそれはいつも日中なのか。

なぜ私の身を案じてくれるのか。

なぜ曜日を私に確認したのか。

なぜ理由を告げずにタイムカプセルを埋めさせたのか。

なぜあの日、僕が守るからと呟いたのか。

なぜ昨日、連絡先交換の提案で、胸を痛めたのか。

(葵花……？　どうかした？)

下駄箱の前で立《た》ち竦《すく》む私に、ホズミ君は心配そうな声を出した。

「ねえホズミ君、私もちょっと、変なこと言っていいかな」

（え、何？）

さっきと立場が逆転したな、と私は微笑む。

そして、私の頭が導き出した、その冗談みたいな結論を、冗談みたいに軽い調子で言ってみた。

「ホズミ君って、未来の人？　そこでは私は、死んでるのかな？」

彼がハッと息を吸ったのと同時に、胸の中の熱は消え去った。

▶▶

チャイムの音に跳ね起きると、葵花の高校の下駄箱ではなく、自分の高校の教室にいた。

星野先生の部活時間が終わるまで、ここで時間を潰していようと思ったんだ。いつの間にか、机に突っ伏して眠っていたようだ。

『ホズミ君って、未来の人？　そこでは私は、死んでるのかな？』

最後の葵花の言葉が、耳に残っていた。彼女の悲しい結末は、彼女には伝わらないように気を付けているつもりだったが、今回は、焦ってしまっただろうか。

いや、それでもいい。彼女に伝わる事で、彼女の運命が変わるなら、その方がいい。

それよりも、今は。

ガタ、と音を立てて、僕は椅子から立ち上がり鞄を掴むと、走る様に教室を出た。

職員室前の廊下で待っていると、退校のチャイムの後でも校内には沢山の人がいる事が分かる。顧問らしき教師に挨拶して楽しげに階段を下りて行ったのは、吹奏楽部だろうか。肩に下げたバッグには、大切な楽器が収められているのだろう。僕は右手を胸に当て、僕の大切な鼓動を確かめた。

程なくして、星野先生が階段から下りてくるのが見えた。

「ああホズミ君、ここで待っててくれたのか。悪いね、待たせちゃって」

「いえ、僕のワガママですから」

ちょっと荷物だけ取ってくるよと言って先生は職員室に入り、一分程で出てきた。

その右手には、重そうな黒いビジネスバッグが提げられている。

「さて、静かに話せる場所がお望みなんだろ？　ホントは生徒はもう帰らないとなんだけど、今日は特別に、教師の特権を行使してやろう」

先生は悪戯っぽく微笑みながら、秘密を示すように人差し指を口元で立ててみせる。その指に、何かがぶら下がっているのが見えた。チャリンと音を立てたそれは、廊下の蛍光灯に照らされて銀色に光る鍵と、その鍵の使用場所が記載された小さなプレート。そこには、「屋上」と書かれている。

「えっ、屋上出るんですか？　雨降ってるんじゃ……」

「ホズミ君気付いてないの？　雨はとっくに止んでるよ。それに今日、満月なんだぜ」

先生の後に続いて出た屋上は、彼の言う通り雨が止んでいた。暮れかけの夕闇をまとった風は普段の蒸し暑さがなく、気持ちのいい涼しさを感じる。太陽は茜色の光を放ちながら、遠くの建物の陰に沈んでいこうとしている。もう数分もすれば、暗い夜が空一面を覆うのだろう。

「ストロベリームーンって言うんだってさ」

屋上の真ん中で空を見上げていた先生が言った。釣られるように僕も空を見ると、黄昏《たそがれ》の空にぽかりと空いた雲の切れ間に、僅かに赤みがかった光を放つ月が丸く浮かんでいる。

「ストロベリー、ですか？」

「六月の満月はそう呼ぶんだって、演劇部の女の子が言ってたよ。アメリカだったかで苺《いちご》の収穫時期に見れるからそう呼ばれるそうだ。ただ、彼女達にとってはそんな背景よりも、『好きな人と一緒に見ると結ばれる』っていう俗信に盛り上がってるみたいだけどね」

彼は僕の方を向いて、肩を竦める。

「まさか男子生徒と二人きりで見るとは、俺も思わなかったな。ははっ」

「そうですか……。それで、先生、鈴城葵花さんの事なんですが」

雑談の時間が惜しくてそう切り出すと、先生は再び笑った。

「急《せ》かすねぇ。何か訊きたい事があるの？　彼女と関わりがあったのは何年も前だから、話せる事があるか分からないよ？」

怪しい赤い月が落とす光は先生の顔に濃い影を作り出しているけれど、そこに浮かんでいるのは、いつも教室で見せるような、どこか仮面めいた微笑みだった。

「はい。あの、以前、彼女が自殺したと教えてくれましたけど」

「……うん、本当に残念だったね」

流石《さすが》に笑いながら話せる内容ではないからか、先生は微笑みを止め、沈んだ声でそう言った。

「本当に、自殺だったんでしょうか？」

僕の言葉に、先生は呼吸をひとつ挟んだ。

「どういう事だい？」

「彼女と仲の良かった友人と、昨日、話をしたんです。その人は、葵花さんは自分で命を絶つような人じゃないって、言ってましたし、僕も、そう思ってるんです」

「友人にも言えないような悩みを抱えていたんじゃないかな。俺も後から知ったけど、彼女、陰で誰かから嫌がらせを受けてたらしいじゃないか」

「星野先生が、彼女の家まで車で送ってあげていたそうですね」

暗がりの中で、先生が眉を上げたのが見えた。僕は彼の反応の一つ一つを見逃すまいと、目を凝らす。

「ああ、確かにそんな事もあったな。靴をなくして困っていたようだから、送ってあげたんだ。……え、何、もしかして俺、疑われてる？」

先生は手を広げ軽く笑いながら冗談のように言った。

「いえ、そういうわけではないんですが、僕は真相を知りたいんです」

「真相も何も、彼女は首を吊って自殺をした。それだけだろう？　他殺だったら、とっくに警察が証拠を調べあげてるだろうさ」

「先生、彼女は、首を吊って即死したのではなくて、失敗して、脳死状態になったというのは、知ってましたか？」

先生の表情は、変わらなかった。いや、変えられなかったんだろうか。

「脳死状態では、臓器は生きている状態です。彼女はドナー登録をしていたので、彼女の母親の決断で、生前の彼女の意志を尊重し、臓器提供がなされました」

風が吹き、雲が動く。満月が隠れ、夜がその強さを増した気がする。

「当時、拘束型心筋症という心臓の病気を患っていて、レシピエントとして適合した僕は、彼女から心臓を譲り受け、移植手術を受けました。今も胸に手術痕が残っています」

押し黙る先生に、僕は高鳴る心臓を抑えて追い打ちをかける。

「そして、先生、知っていますか。移植された心臓に、元の持ち主の記憶が宿っている事がある、という事を」

まだ夢の先を知らない僕にとってそれは鎌をかけるハッタリに過ぎなかったが、仄かな月光の中で先生が唇を舐めるのが見えた。それは、心理的にストレスや不安を感じているサイン。

「へえ……面白い話があるんだね」

雲が途切れたのか、月が再び光を放つ。先生は俯いておりその目は隠れているが、口角は不気味に吊り上がっているように見える。僕は彼から、目を離せない。

「不思議だよな……。人間って、水と蛋白質《たんぱくしつ》でできてる、ただの肉の塊だろう？」

唐突にそんな話をしながら、先生は歩き出した。僕の立っている場所は、屋上に出る扉から数メートル離れた位置だが、彼はゆっくりと弧を描くようにこちらに向かって歩き——

「それなのにどうして、その蛋白質は、誰か他の蛋白質をどうしようもなく大切に想ったり、どうしてもそれを欲しくなったり、失って心が壊れるほど傷付いたり……」

そして先生は、僕と扉の間に立った。僕の退路を、断つように。

「その蛋白質の存在や思い出を心の支えにして、生きていったりするんだろうな。俺はずっと、それが分からなかったんだ」

彼が何を言いたいのか分からなかったが、底の見えない闇のような、得体の知れない恐怖だけは感じた。

「で、その心臓を形成する蛋白質の記憶は、キミに何て言ってるんだい？」

星野先生は顔を上げ、僕を見た。血の滲んだような月光が照らす、美しく整った顔には、無表情よりも冷たく感じる微笑みを浮かべて。

◀◀

私は、脱いだ上履きを下駄箱にしまうと、岡部さんから返してもらった靴をビニール袋から出して下に置き、それを履いた。心には、不思議なざわめきがあった。

結局、真相は、次にホズミ君が来るまで分からない。でも、最後の彼の反応からすると、どうやらあながち間違いでもなさそうだった。

ホズミ君は、未来から私の中に入ってきている。そしてそこでは、私は死んでいる、らしい。

ずくん、と、心臓が不穏な音を立てた。

未来というのがどれくらい先なのか分からないけれど、そうであれば、彼が前に言った、すごく遠くて会うのが難しいという話や、昨日連絡先の交換を断った事も納得がいく。時間が違うのなら、メールも電話も繋がるはずがないし、逢いに行けるはずもない。

不意に私の目から、涙が零れた。

逢いに行けるはずも、ない。

その事実の、なんて残酷な事だろう。

タイムカプセルを埋めた日、川沿いのベンチに座って話した、小中学校で流行っていた事の話題も、その時は場所の違いによるものなのかと思ったけど、数年の差があるように感じた。

私の考え過ぎだろうか。思春期の脳が創り出した幻想だろうか。それでも、その仮説は、全ての疑問を冷たく説明してくれる。

私は、遠くない未来に、死んでしまう。

ホズミ君の生きる世界には、私はいない。

もっと幼い頃から私の中にいた彼が、なぜずっと寂しそうだったのか、その理由が分かった気がして、また涙が零れた。

ここにいては、他の生徒が来てしまう。今の顔を見られたくない。私は嗚咽《おえつ》を漏らしながら傘を差し、日も暮れ始めている外に出た。細かな雨粒が、ぱらぱらと傘を鳴らしていく。

あなたに逢いたい。いつか、逢いたい。ずっとそう思っていた。そしていつか、待っていれば、それは叶うと思っていた。

「う、うぅ……」

でもそれは、無理だったんだ。

私は、好きな人に、逢いに行けない。私は、死んでしまう。

「うあぁ……」

涙が次々に溢れて零れた。

ずっと、好きだったのに。ずっと、逢いたかったのに。

酷《ひど》いよ、ホズミ君。叶わない恋なら、どうして好きにさせたんだよ。どうして期待を持たせるような事をするんだよ。どうして、私を――

人はいつか死ぬなんてのは、言われなくても分かっている。でもそれは、靄《もや》がかかる程遠い未来の、今は考えなくてもいいような物事だと思っていた。大切な人と出逢って、結婚して、子供を産んで、一緒に年老いて、家族に囲まれながら心穏やかに目を閉じられたらいいな、なんてぼんやりと想像するくらいだった。それまでに、やりたい事や素敵な事を目一杯楽しみたいと思っていた。でも、私には、それは、できない。

もう私は、外面も気にせずに顔をしかめて泣きながら、足を引きずるように歩いていた。

「おいっ」

突然力強い手で右腕を摑まれ、私は泣きながらそちらを振り向いた。そこには、いつか私に貸してくれた紺色の傘を差した星野先生がいた。

「鈴城さん、どうした、そんなに泣いて」

「う、ううぅ、星野、先生……」

「とりあえず、こっち来て。そんなに泣いてる女の子を歩いて帰らせられないよ」

先生に優しく腕を引かれ、駐車場まで歩いた。何度か乗った先生の車の助手席のドアが開かれ、促されるままに私はそこに乗り込んだ。すぐに先生も運転席に座り、エンジンをかける。空調が動き、湿った空気を吸い込んでいく。

「……何か、あったの？」

先生の問いかけに、私は答えられなかった。先生は溜息をついて、ゆっくりとアクセルを踏み込んだ。

「とりあえず、家まで送るよ」

私はお礼の代わりに、こくんと頭を下げた。

車は滑らかに、夜の雨を切り裂いて走った。先生は静かで、車中には私の漏らす泣き声と鼻をすする音だけが聞こえている。止めようとすればするほど、感情の奔流は勢いを増す気がした。

家に近付くにつれ、窓ガラスを叩く雨の音が弱くなって、次第に消えていった。

「雨、止んだね」と先生が言う。私は何も答えられない。

やがて車は、私の家の前まで辿り着いた。先生は少し身を乗り出して、明かりの点《つ》いていない家を眺めた。

「家、誰もいないの？」

「……両親とも、働いているので」

「ふうん、帰ってくるのは何時くらい？」

私は車のデジタル時計を見た。泣き疲れていた私の霧がかかったような頭では、先生のその質問の意図を読み取れない。

「母が、一時間後くらい、かな」

「なるほど」

それだけ言うと、先生は再びアクセルを踏み込んだ。車がゆっくりと従順に前進していく。

「え、あの、家の前で降ろして頂ければいいんですが……」

「ちょっと気晴らしに散歩でもしようよ。せっかく雨も止んだ事だし。そんな状態のキミを一人で、暗い家に帰せないよ」

そう言って先生は、少し走った先の空き地に車を止め、エンジンを切った。さっきまで生きて呼吸をしていた生き物が突然息を引き取って冷たくなったように、車の中が静かになる。

シートベルトを外して外に出た先生に続いて、仕方なく私も同じようにする。雨上がりの夕暮れは、湿った風の匂いがした。

「さあ、少し歩きましょう、お姫様。急いでガラスの靴を落とさないようにね」

先生の冗談も、今は笑えない。私は自宅に向かってとぼとぼと歩きながら、近い未来に訪れるらしい自分の命の終わりばかりを見つめていた。

死因は何なのだろう。病気だろうか。事故だろうか。それは、やっぱり、苦しいんだろうか。痛いんだろうか。怖いんだろうか。寂しいんだろうか。

その昏《くら》い恐れの中に、ホズミ君の存在が思い浮かぶ。未来には、過去の人の意識に飛び込むような、そんな不思議な技術が存在するのかな。……いや、そんなすごい事が当たり前にできるなら、もっと世界はぐちゃぐちゃに混乱しているだろう。だとしたら、彼は、一体——

「で、何があったの？」

　隣を歩く星野先生の声で、私ははっとする。私を気遣ってくれている先生に、ずっとこんな態度では、失礼かもしれない。でも、何て言えばいいのか、分からない。

「また何か、嫌がらせを受けた？　もしそうなら、俺が校長に掛け合うなり、何とかするから、言ってくれ」

　私は首を振る。その事は、もう解決した。今の私を苦しめるものは、誰かに話して改善するものでもない気がする。

　私達が歩く道は一切の人通りがなく、民家の灯りと、電柱に設置されている街灯だけが、ぽつぽつと夜道に光を落としている。

「……先生は、」

「うん？」

「自分が、そう遠くない未来に死ぬ事が分かったら、どうしますか？」

　星野先生は少し考えるように、一つの呼吸を挟んだ。

「面白い問いだな。キミは未来が視えるのかい？」

「いえ、そういう訳ではないんですが」

「そうだな、俺なら、自分の命の期限を知れた事を喜ぶだろう。いつ終わるか知れない茫漠《ぼうばく》とした人生を歩み続けるのは、砂漠に放り出される罰みたいなもんだからな。そして、後悔が残らないように、残された時間を最大限有効に活用すると思うな。……もちろん、実際にそうなってみないと、こんな前向きな事を考えられるかは分からないけどね」

強い人だな、と私は思う。それとも、大人というものは、皆そうなのだろうか。

「なあ、ホントに、何があったんだ？　俺じゃ力になれないかな。——俺が、」

コツ、コツ、と先生の歩く靴音がする。

「俺がキミを大切に思っているのは、本当なんだよ」

心臓を甘く握りしめられるような、そんな心地がした。また涙が溢れそうになる。

何も答えられないまま私は、暗い家の前まで辿り着いた。私は先生に頭を下げる。

「それじゃあ、これで。送って頂き、ありがとうございました」

「待って」

呼び止められ、玄関に向かおうとした足を止める。

「まだ何も解決してない。今の君を一人にしたくない。まだお母さんが帰るまで時間があるんだろう？」

「でも……」

薄暗がりの中で、先生が寂しそうに目を細めるのが見えた。

「俺さ、昔、大切な人を他者の悪意から守れないまま失ったトラウマがあるんだよ」

「え……」

「だから、これは俺のエゴでもあるんだけど、今傷ついているように見えるキミを放っておきたくないんだ。せめてもう少し、一緒にいさせてくれないかな」

泣き出してしまいそうな先生の表情にいたたまれなくなり、私はうつむくように小さく頷くと、玄関の鍵を開けて家に入る。先生は私の後に続いて中に入り、靴を脱いだ。正直、今の心境で、誰もいないこの家に一人でいたら、どうなってしまうか分からなかった。だから、誰かが近くにいる、というだけで、少し安心してしまう自分もいる。

お茶の間に入って、壁についているスイッチを入れて蛍光灯の電気を点けた。光が瞬いて、部屋を照らす。散らかっていなくてよかった。

私の後ろから部屋に入った先生は、畳に鞄を置き、十畳の和室を眺めて言う。

「へえ、和室があるんだ。畳はいいよね。落ち着く」

「じゃあ、お茶を入れてきますね」

台所に向かおうとした私の手首を、先生が掴んだ。思ったよりも強いその力に、心の片隅がひやりと冷えた気がした。

「いいってそういうのは。俺に対して気を使わないでいいよ。それよりもさ」

「わっ」

摑まれている手首をぐいと引かれ、バランスを崩した私は先生の身体に寄り掛かる形になった。すぐに私の腰に、彼の手が回された。

「もう一度考えて。俺の物になってよ。そうしたら、キミにそんな悲しい思いはさせないよ」

俺の「物」——。この人が見ているのは、きっと私じゃない。先生が今も見ているのは、彼の空洞に落ちる孤独の影なんだ。今更ながら、この人を家に上げてしまった事に対する危機感が、自分の中でざわざわと拡《ひろ》がっていく。

摑まれていない手で、彼の胸を押し離そうとする。

「だから、それは、ムリです」

「どうして？」

「好きな人がいるって言ったじゃないですか」

「その想いは、うまくいっているのかい？」

答えられなかった。また私の目から雫が零れる。

「ホラ、辛いんだろ？　なら、気持ちを切り替えないと」

ホズミ君——

夕焼けの観覧車で交わした約束が、フラッシュバックする。

逢おう、と、彼は言った。

嘘つき。それでも。

「それでもっ」

ぼろぼろと涙は零れた。私は顔をくしゃくしゃにして、震える声で叫ぶように答える。

「それでも、好きなんです。どうしようもなく、好きなんです」

先生は呼吸を一つ置いて、

「俺だって、キミを好きだよ」

と囁くように言った。それが本心かは分からないけれど、私の頭には、岡部さんの泣きそうな顔が浮かんだ。

「……先生を慕っている人は、たくさんいます。そういう人に、言ってあげてください」

「簡単に手に入る物なんて、欲しいと思わないよ」

彼が独り言のように言ったその言葉に、私はぞっとした。摑まれている手首が痛んだ。

「……ごめんなさい。私は、どうやっても、先生の物にはなりません」

先生はゆっくりと息を吸い、それをゆっくりと吐き出す。私の手首が解放された。

「分かった。諦めるよ。ごめんね」

軽い調子でそう言われ、見上げると、先生はいつもの微笑みを浮かべていた。私は体の力が抜けて、その場にしゃがみ込んでしまった。心臓が音を立てて鳴っている事に、ようやく気付く。

「じゃあさ、諦める代わりにってのも何だけど、ちょっとキミにお願いしたい事があるんだ。いいかな」

彼は、さっきまでの私とのやり取りが、まるで何もなかったかのような調子で言い、畳に置いてあった彼の鞄に歩み寄って、中から何かを取り出した。それは、茶色の革の女性用手袋に見えた。

「実は、知り合いの女性の誕生日が近くて、プレゼントにと思って手袋を用意してたんだけどさ、俺男だから、着用感が分からなくて、これで大丈夫か心配だったんだ。キミなら手のサイズも同じくらいに見えるから、ちょっとだけ着けてみてもらいたいんだ」

これから夏が来るという時に、手袋のプレゼントというのはちょっと変だし、別の女性への贈り物を私に試させるのもどうかと思う。でも、好意を跳《は》ね除《の》けてしまった手前、強く断るのも悪く感じて、私は畳に座ったまま、差し出されたその高級そうな手袋を受け取った。

手を入れると、柔らかな裏起毛が優しく手を包み、暖かくぴったりとフィットした。両手を入れて軽く指を握ったりしても、滑らかな革は抵抗も少なく、柔軟性が高くて良い手袋だと感じた。

「ええ、悪くないと思いますけど……」

「そうか、良かった」

先生は微笑んでそう言いながら、再び鞄から何かを取り出していた。なんでそんな物を持ち歩いていて、今取り出すんだろう、と私は思う。

私の目にはそれは、電気の延長コードに見えた。

薄暗い屋上の月明かりの中、僕は唾を飲み込んだ。目論見《もくろみ》は、成功しているんだろうか。それとも僕が、罠《わな》に誘い込まれているんだろうか。

「……先生が、葵花さんの首を絞めたんですか？」

「それを証明する手立てはもはや無く、また否定する為の証拠も無い」

先生は笑顔をやめ、僕に一歩近付いた。彼から距離を置くように、僕は一歩、後ろに下がる。

「つまり事実は、既にこの世から霧散している。その心臓の元の持ち主の記憶に、訊いてみればいいだろう。キミを殺したのは、この星野という男なのか、と」

一歩。一歩。

彼は僕に歩み寄り、僕は後退《あとずさ》る。これは、もう……

「僕が既に真実を知っていたとしたら、どうするんですか」

「それが真実だと、誰が認めるだろうか。妄想癖のある可哀《かわい》そうな若者の妄言ととられるのがオチだろう」

ポツリ、と、僕の頬に冷たい雫が当たる。雨がまた降り出したようだ。寒さではなく、恐れと怒りで、固く握った拳が震える。

「ままならないものだよなぁ、ホズミ君」

唐突に先生は親しげな声で言った。演劇でもしているかのような大仰な身振りで、彼は言葉を続ける。

「欲しい物ほど手に入らない。失ったものは返らない。全てこの手の隙間からすり抜けていく。本当に人生というものは、ままならないものだ」

「何が言いたいのですか？」

「誰にも話した事ないんだけどさ、聞いてくれよホズミ君。俺には、妹がいたんだ。明るくて、優しくて、春の陽だまりみたいな妹だった」

過去形だ。それが意味する事を、僕は想像する。

「俺がまだガキの頃に、母親が病気で死んでしまったからさ、一緒に残された妹は、俺にとってとても大切な家族だったんだよ。唯一の生き甲斐だったと言ってもいいね。でもさ」

彼はそこで俯いた。表情が見えなくなる。

「変わってしまった親父《おやじ》が、妹に暴力を振るうようになったんだ。それはもう、口にするのも悍《おぞ》ましいような行為をさ、毎晩、毎晩、繰り返すんだよ。俺もガキで、虐げられていたから、反抗とか、通報とか、そういう選択肢なんて見えなかった。ただ耐えるだけの日々だった。そしてある日、俺が学校から帰った時、妹が、自分の部屋で、首を――」

時が止まったかのように、先生は数秒の間、静止していた。口にできないその続きを、僕は想像する。魂が捩じ曲がる程であろうその痛みを、想像する。葵花から受け継いだ左胸が痛み出す。でも、だからといって、何かが許されるというものではないだろう。

先生は顔を上げた。そこに貼り付けてある微笑みの仮面は、とっくにボロボロになっているように、今の僕には視えた。

「俺は――俺はさ、ずっと、思ってたんだよ。大事な物は、守らなきゃいけない物は、手元に置いて、誰からも傷付けられないように隠しておかなきゃいけないって」

声が微かに震えている。この人の抱えている闇が、歪みが、その震えから顔を覗かせているような気がした。

先生は右手で苦しそうに左胸を押さえ、続ける。

「でも、守りたい物が！　自分の腕の中にいようとしないのなら！　誰か別の人の物になってしまうのなら！」

　その手を力なく下ろして、両掌を見下ろす瞳の色は、影になって見えない。

「いっそ、この手で、壊してしまえば——って……」

「そんな事ッ——」

「キミは、こんな話は知ってるかな」

「……何ですか」

「この国での自殺者数は、毎年約三万人を超える。そのうち学生の数は、約千人だ。毎年千人もの若者が、世界や、未来や、人間関係に絶望し、疲れ、その命を捨てている。毎年、毎年、毎年、ね。教師という仕事をやっていると、そういう子と関わる事も少なくない」

　にじり寄る先生に合わせて後退してきた僕の踵《かかと》が、硬いものにぶつかった。ちらりと後方を見やると、夜の闇をたっぷりと抱え込んだグラウンドが、下で大きな口を開けている。転落防止のフェンスがないから、生徒は自由に屋上に出られずに鍵が貸出方式なのか、なんてどうでもいい事が頭に浮かんだ。

「そういう子達を、救いたいと思った時期もあったよ。そうする事で自分を救えるかもしれない、なんて本音もあったけどさ。でも俺にできる事なんて何もなかった。絶望は病だ。俺は教師で、医師じゃない。その上ただの教師でもない、病んでる教師だ。俺は彼らを救えない。それはつまり、俺は、俺を救えない」

僕は顔を前に戻し、星野先生を睨む。何の策もなく彼についてきた数分前の自分を恨みながら。

「今までの、命をなげうってきた彼ら彼女らとは違って、キミはその一見虚《うつ》ろな瞳の奥に、命への責務のような輝きを感じる。キミには、生きなくてはならない理由があるんだろう。でも――すまないね、ホズミ君」

僕は小さく足を曲げ、駆け出す準備をした。過去の葵花を救う為にも、今ここで、僕が殺されるわけにはいかない。それは、彼女が二度も殺されるという事だからだ。先生の立つ正面を迂回《うかい》してなんとか屋上を抜け、過去に飛んで葵花に伝えなくては。君を殺したこいつに、決して近付いてはいけない、と。

「キミは何も悪くない。でもキミの存在は、俺にとって危険だ。悪いけど、リスクは排除しておくよ」

その言葉を合図に、僕は右足に当てていた段差を蹴り、先生の右側に向けて駆け出す。同時に先生も地面を蹴ったのが見えた。僕に向けて伸ばされた先生の腕を払いのけるが、すぐに反対の手で胸元のシャツを摑まれ、ぐいと引っ張られて僕の身体はコンクリートの床の上に倒された。

「がはっ！」

背中を打ち付け、呼吸が一瞬止まる。先生は仰向けの僕の腕と胸を押さえるように馬乗りになり、体重をかけた両手の親指で僕の喉を押し潰してくる。息が、できない。

「彼女の事を話したいというキミを、人気のないここに連れ出してきて正解だったよ。キミはこれから、彼女を喪《うしな》った世界で、希望の見えない未来に疲れ、屋上から飛び降りるんだ」

身体に力が入らない。目の前に死の気配がちらつく。命とはこんなに簡単に、壊されてしまうものなのか。

「が……あ……」

眼球や頭蓋の周辺に血が集まっていくような感覚がして、視界がパチパチと弾けて揺らぐ。

夕焼けの観覧車で交わした約束が、フラッシュバックする。

逢おう、と僕は言った。彼女は涙を流して頷いた。

葵花。葵花。

目に映る景色が黒く塗り潰されていく。

次第に、意識が、遠のいていって——

——僕は、葵花の家の居間で目覚めた。

畳に座り込む彼女はなぜか手袋をしており、目の前に星野先生が立っていた。手には延長コードを持っている。僕は弾かれるように叫ぶ。感情が、彼女の唇を震わせた。

「葵花、逃げろ！　この人が君を殺した！」

彼女の肺が急速に空気を取り込み、彼女の足が畳を蹴った。

部屋のふすまに向けて伸ばした彼女の手を、星野先生が掴んだ。すぐに強い力で腕が引かれ、彼女の身体は畳の上に倒される。

「あうっ！」

彼女のお腹の上に星野先生が馬乗りになり、手にしたコードを首に巻き付けようとする。必死に抵抗するも、女性の細腕ではとても抑えきれない。

「どうして、こんな事を、するんですかっ」

「俺さ、欲しいと思ったものは、手に入れないと気が済まないんだ。でもキミは、俺の物にはならない。欲しくても手に入らないものが、手の届く距離で光をチラつかせ続けるのは、苦痛でしかないんだよ！」

「だからって、殺していい理由にはっ」

「内側を認めろと、キミは言ったじゃないか。今までずっと押し殺し続けてきた。その事にも気付いていなかった。キミが気付かせてくれたんだ。これが、俺の内側、本当の俺だ！　空虚な中身を、キミで満たしたくてたまらないんだ！」

先生は壊れた笑みを浮かべながら、抵抗する葵花の腕を押しのけ、首にコードを押し当てた。

◀◀

喉元が、冷たい感触に押し潰されていく。呼吸が苦しくなっていく。

ホズミ君が言っていたのは、これだったのか。私はこれから、殺されるのか。この人のせいで、ホズミ君に逢えないのか。悔しさに涙が滲んでくる。

「葵花、諦めるな！　生きてくれ！」

私の口が、そう叫んだ。彼は、私が死んだ未来で、私が生きる事を、望んでいる。

左胸の心臓が、どくんどくんと熱く脈打つ。

「聞け、星野宗一《そういち》！　僕はホズミイクト。三年後の未来から、この体に接続している！」

　先生は笑顔をやめ、怪訝な顔をした。

「突然何を言い出すんだい」

「信じなくても構わない。ただ、あなたがこの女性にした事の一部始終を、僕は見ている。この人を殺しても、僕の精神は三年後に戻り、そしてそこであなたを告発する用意はできている！」

「はははっ、かわいらしい脅しだね」

「星野宗一、趣味はドライブとビリヤード、地元の公立高校を卒業後、東京の私立大学に進学し、教員免許を取得。母親を幼い頃に病で亡くしており、変貌した父親の暴力の末、大切にしていた妹も失う」

　ホズミ君の話を聞きながら、先生の顔が青ざめていくのが分かった。首にかかる圧力が弱まる。

　妹――。初めて車で送ってもらった時、妹の事を訊《き》いた私に答えた先生の言葉が、唐突に思い出された。

『ナマイキなだけだよ。でも大人になって離れてみると、やっぱり大切な家族だったんだなって、気付くけどね』

あれは、嘘《うそ》だったんだ。演技だったんだ。あの時、どんな気持ちでこの言葉を言ったのだろう。先生の内側に空けられた空洞は、どれだけ深く暗いのだろう。

殺されかけているというのに、私を殺そうとしているこの人が抱えている寂しさに、左胸が熱く締め付けられるように痛み出す。ホズミ君は構わずに私の口を動かした。

「どうです、どれも葵花に話した事のない内容じゃないですか？　その上であなたはこの人を殺し、未来に殺人犯として拘束される時を、怯えて過ごす日々を選びますか？」

「お前は……一体、何なんだ」

先生が覆いかぶさっていた上体を起こし、私の身体が少し自由を取り戻した。胸に纏わりついていた恐怖をかなぐり捨てて、私は渾身《こんしん》の力で――

「えい！」

ヒザを打ち上げた。それは、先生の股間に直撃し、ぐにゃりとした不思議な感触がヒザに伝わった。

「ぐうっ！」

先生は顔をしかめ、ふらふらとバランスを崩して、床に手をつく。その隙に私は体を動かして彼の下から抜け出した。

「くそっ……」

彼は這《は》うように動いて鞄を手にして立ち上がると、逃げるつもりなのか部屋の出口に向かって歩き、肩で息をしながらふすまに手をかけた。

「——先生」

ホズミ君の声ではなく、私の意思で、彼を呼び止める。赤く血走った眼《め》で、星野先生は私を見た。

「ひどい事をされましたが、先生は、結果的に、私を殺しませんでした。だから私は、警察には通報しません」

「なっ！　葵花、これは立派な殺人未遂だよ！」

驚いたホズミ君の声に、私は首を振る。

「さっきの彼の話で、先生の過去を、私も知ってしまいました。以前、車の中で話してくれた、先生の内側の寂しさの理由が、少し分かったような気がしました。たぶん私なんかが同情するのもおこがましいくらい、きっと、すごく辛い思いをされたんですよね」

先生は視線を落として俯いた。

「内側を認めろと、確かに私は無責任に言いました。でもそれは、自分の欲望とか歪みに素直になれって事じゃなくて、そういう自分の歪みも認識して、幸せになれるように、心を開いていくって事なんです」

私は一つ深呼吸をして、言葉を続ける。

「私は、さっき首を絞められながら、素直に思いました。先生にも、幸せになって欲しいって。それは、同情とか哀れみとかじゃなくて、辛い思いをした人は、その分だけ、幸せにならなきゃいけないと思うんです。先生にはその権利があるし、義務でもあると思います。……先生の外側だけじゃなく、内側も見て好きになってくれる人も、きっといます。でもそれは、先生が自分から内側を開いていかないと、実現しないいんです」

先生は顔をふすまの方に向けている。私の言葉は、届いているんだろうか。

私を大切に思っているのは本当だと、先生は言ってくれた。その真偽は分からないけれど、寂しがるこの人に、幸せになって欲しいと思う私の気持ちも、本当なんだ。

「……呼び止めてすみません。行ってください、先生。そして、幸せになれるよう、努力してください」

私がそう言うと、星野先生は横顔だけこちらに見せた。その頬を、涙が一筋伝っていた。人はみんな一人で、どこか寂しい。でも、触れ合おうと歩み寄ることは、できるはず。

　先生は迷うように口を動かした後、言った。

「言い訳にもならないけど……キミは、妹に似てると、思ったんだ。ゴメン。そして、ありがとう」

　扉を開け、先生はお茶の間を出た。少しの足音の後、玄関のドアが静かに開き、そしてまた閉まる音が聞こえた。

　そこまで経って、ようやく、私は緊張から解き放たれたように体中の力を抜いて、床にへたり込む。

「はああぁぁー」

　盛大な溜息が、情けない声と一緒に漏れ出た。ふと気付いて、両手の手袋を外す。そういえば、この手袋は結局何だったんだろう。私の抵抗を妨げるため？　犯行の証拠を残さないため？　今となっては真相は分からない。

（葵花、大丈夫？　無事で、よかった……）

「うん、ありがとうホズミ君。ホントもうダメかと思ったよー」

（僕もかなり焦ったよ……）

「でも、生きてくれって叫んでくれたの、すっごく嬉しかったし、カッコよかったよ」

（えっ、いやっ、そんな事――）

慌てる彼に連動して、自分の体が熱くなっていくのを感じる。きっと、褒められ慣れてないんだろう。「ふふっ」と笑い声が漏れる。心が温かさで満ちていく。

やっぱり、私、この人が、

「好きだなぁ」

（え？）

声が出てしまっていた。

「あ、待って、今のなし！　逢えた時、ちゃんと言おうと思ってるから。待ってて！」

（う、うん、分かった）

今度は自分の恥ずかしさで顔が熱くなっていく。絶対伝わってしまっている。でもう、お互いに気持ちを確信しあっているような、そんなくすぐったく幸福な気配で、胸が苦しいくらいに心地よく高鳴っていく。

でも、その中に、不思議な痛みも微かに感じている。これは、君の――

（本当に、先生を逃がしてよかったの？　また襲われるような事はないかな）

ホズミ君が心配してくれた。少し嬉しくなる。

「たぶん、もう、大丈夫じゃないかな。それに、もし私がまたピンチになったら、君が守ってくれるんでしょ？」

最後は少しおどけて言ったら、左胸がズキンと痛んだ。

（それは……）

答えを躊躇う彼の反応を受けて、私の胸もズキズキと痛み始める。恐る恐る、私は話す。

「さっき、三年後の未来って、言ってたね」

（……うん）

私が発した声に、私の頭の中で彼が答える。その不思議な体験にも、もう慣れた。

「私を助けるために、私の中に入ってくれてたの？」

（……最初はそうじゃなかったんだけど、葵花と話せるようになってから、それが目的になってた）

「私は、助かったんだよね？　死ななかったんだよね？」

ズキン。

（うん、そうだね。よかったよ。本当によかった）

ズキン、ズキン。

「じゃあ！」

感情が抑えられなくて大きな声が出て、涙も溢れた。痛み続ける左胸を右手で押さえ、私は声を絞り出した。

「じゃあどうして、こんなに胸を痛めてるの⁉　これは、ホズミ君の痛みなんでしょ？　私、助かったんでしょ？　未来で、君に逢えるんでしょ？」

私の左手が動いて、目元の涙を拭う。

（泣かないで、葵花……）

私は分かっていた。そう言いながら、私の身体で涙を流しているのは私だけじゃないって事を。

「ねえ、ホズミ君」

（うん）

「昨日、二人で観覧車乗ったよね」

（……うん）

「いつか逢おうって、言ってくれたよね」

彼の声は、答えなかった。代わりに私の左胸が、彼を代弁するように悲しげに軋む。

「あれは、嘘だったの？」

（嘘じゃないよ）

震えるように静かな、声。

「じゃあ、なんで……。私、嫌われた？」

（違う！）

力強い否定に、胸が熱くなる。でも、それなら、彼の痛みの理由は、きっと、もっと、ずっと、根深く、悲しいもの。

ホズミ君は数秒の沈黙の後、声を出す。

（大事な事を、ずっと黙ってて、ごめん。でも、もう、ちゃんと言わないとね……。実はこっちの、未来の僕は）

彼は私の唇で、まだ躊躇いが残るように一つ息を吸い、優しい声で告げた。

（亡くなった君の心臓を移植してもらって、生きてるんだ）

全身を雷に打たれたような気分だった。最後のピースが、はまった気がした。彼の今までの行動も、痛みも、涙も、全部、理解した。

（だから、たぶん、君が生きる未来で、僕が生きている可能性は、とても低い。過去が変わった事で、今こうして話している僕がどうなるのかも、分からない）

「なんでそんな大事な事、黙ってたの⁉」

彼は涙を流しながら、小さく笑う。

(ははっ、やっぱりこっちでも、怒られたね。葵花は、優しいから)

「そりゃ怒るよ！　私が助かったらホズミ君が助からないなんて、ひどいよ！　バカぁ！　なんだよそれ！」

泣かないでと言われたのに、感情も涙も次々に溢れて止まらない。

(ごめん……。でもこれは、僕が望んだ結末だ。だから、僕が消えても、君は、君を生きるんだ)

「そんな事、言われても……」

(消えちゃう前に、最後に、言いたい事があるんだ。別れ際に言うのは、君にとって呪いになっちゃうかもしれなくて、迷ったけど……聞いて欲しい)

待って。最後とか、言わないで。

私の声は、声にならずに、私の頭は、ただ彼の優しい声で満たされていくばかり。

(葵花、僕も、)

ああ――

(君が好きだ)

逢えた時に言うって、さっき私が言ったのに。

こんなの、まるで――

（ずっと、好きだった）

——まるで、さよならの言葉みたいじゃないか。

（伝えたら、僕の決意が揺らぐかと思って……今まではぐらかしてて、ゴメン）

もう涙で前が見えない。心がはち切れそうで、体の感覚もなくなっていく。

（違う未来で、その命で僕を救ってくれてありがとう）

お礼を言わなきゃいけないのは、私の方なのに。

（そのおかげで、こうして君と繫がれた。そしてそのおかげで、君を救えた。僕は自分を、誇りに思うよ）

私にだって、言いたい事が沢山ある。伝えたい事が山ほどある。

でも、どれも、どうしようもないくらいに、言葉にできない。

（あの時、逢おうと言ったのは、本当だよ。時を超えても、自分をなげうっても、逢いたいって、思ったんだ。それは、どうか、信じて欲しい）

私は泣きながら何度も頷いた。信じるよ。信じないわけないよ。

（あっ、……う、ぐ）

ホズミ君が苦しそうな声を出した。

「えっ、どうしたの？」

（たぶん、お別れだ。最後に話す時間をもらえて、よかった）

「え……」

待って。

（さよなら、葵花。大好きだ。君はずっと、光の中で）

待って！

「幸せに、生きて──」

私の唇が彼の最後の言葉を告げ、唐突に、胸の中の熱が消えた。彼はいつも、突然いなくなる。

でも、今回は、もう彼が私の中に現れる事はないという、凍えそうなほど冷たい確信があった。

「あ……」

まだ何も言えてない。

さよならも、ありがとうも、待ってよ、も。

「ああ……」

さっき彼と二人で、あれだけ泣いたのに、私の目はまだ涙を流し続ける。

「う、うう、あああ……」

私なんてこのまま、体中の水分を流し出して、干からびてしまえばいい。でもそれでは、彼が命懸けで救ってくれた命が……

「うああ……うわあああぁ……あぁぁ！」

私は、ここで、生きなくては。

「わあああぁぁぁ！」

私はそのまま、お母さんが帰ってくるまで、子供のように大声をあげて泣き続けた。

▶▶

「ぐっ……！」

気付くと僕は校舎の屋上で、一人で仰向けに寝転んでいた。辺りは暗く、細かな雨が空気を満たし、雲に隠れた満月だけが、仄かな光を落としている。全身の痛みを堪えつつ、身体を転がして四つん這いの姿勢をとった。

僕の首を絞める星野先生の姿も影も、そこにはなかった。なるほど、過去を大きく変えると、こうなるのか。彼は今、「三年前に葵花を殺していない現在」を生きているのだろう。だとしたら、今、ここにいる、僕は。

「が、はッ……」

左胸の内側が、熱い鉄の棒で乱暴に抉《えぐ》られるような、信じられないくらいの激痛が続いている。気を抜けばすぐにでも意識が途切れそうだった。僕の目に映るのは灰色のコンクリートだけだが、それさえもザラザラとノイズがかかったようにブレて見える。絶え間ない眩暈で、視界に映る映像が捩れる。

「ぐうぅぁぁ……」

ごぽりと音を立てて、僕の口から大量の血が出て地面を濡らした。雨の雫が落ち、血だまりの輪郭を滲ませていく。

僕は、これで、終わるのか。こんな場所で、独りで。恐ろしいほどの孤独と恐怖が襲い来る。

葵花の死を前提に存在している今の僕は、彼女が死んでいないこの世界に、矛盾している。自身の存在が揺らいで、歴史の捩れに飲み込まれていくような感覚は、純粋な命の終わりよりも昏く恐ろしい。僕の背後で、闇よりも黒い虚無が大きく口を開けているような気さえする。

でもそれは……。

それは、つまり、葵花を救えたという事だ。

「はははっ……あはははっ」

僕は笑った。

やったぞ、やってやったぞ、運命よ。僕は時空を捩じ曲《ま》げて、一人の少女を救ったんだ。さあ、僕の用事はもう終わった。好きなだけこの命を持っていくがいい。

「あはは……はは、は……」

眩暈ではなく、視界が滲む。溢れてくる涙が、頰を伝う雨に混じって流れていく。

ずぐん、ずぐん、と左胸が重く異常な音を立てる。

「……分かってたよ」

僕達が、逢えるはずもない事は。

「当たり前じゃないか」

生きている時間が違う。いや、そもそも、生きている前提が違うんだ。

「覚悟してたよ、こんな、結末」

僕達が共存する世界など、在り得ないと。

「でも……」

覚悟、していたはずなのに。

僕の命なんて、どうなってもいいと、思っていたのに。

「ああ……」

寄りかかりすぎてしまった。

靴がなくなった時に、話しかけてしまった事も。

雨の帰り道で楽しく会話してしまった事も。

一緒にタイムカプセルを埋めに行った事も。

ショッピングモールで笑いながらデートをした事も。

夕日の燃える観覧車で、逢おう、なんて、叶わない約束をした事も。

彼女の指を通して、その頬や、髪に、触れた事も。

僕宛ての彼女の手紙を読んでしまった事も。

ずっと好きだったと、ついさっき、告げてしまった事も。

「うあああっ！」

――好きに、なりすぎてしまった。

「ああああああああっ！」

僕は観測者に徹するべきだったんだ。淡々と、彼女の心臓が遺した過去の事実だけを見て、彼女に関わる事なく、静かに葵花を救うべきだった。そうすれば、こんなに苦しくなる事もなかったのに。

「あぁっ……葵花……」

その声が、心地よかった。その体温が、愛しかった。

僕を求めてくれるその全てが、嬉しかった。

「葵花ぁ！」

君に逢いたい。一緒に過ごした幸福な時間が、僕にそう思わせてしまう。

「消えたく、ない……」

寂しい。怖い。

恐怖と孤独に震えていた僕の頭に、声が響いた。

（……ホズミ、くん）

ハッとした。ぐちゃぐちゃに澱《よど》んだ頭の中に、冷たく澄んだそよ風が吹いた気がした。

「葵花……。こっちの君は、まだ、いたのか」

（うん……。痛いね。辛いね……）

なんて事だ。最後まで、この優しい人を巻き込んでしまうなんて。僕はこの非情な運命を憎悪した。

「ごめん、苦しませて……。そして、約束も、守れそうに、ないね。ごめん」

僕の言葉に、彼女はふるふると首を振った。

（大丈夫だよ。最後くらい、一緒にいよう。そして、約束も、たぶん、大丈夫）

「……え？」

（あっちの私が、君を、見つけるから。絶対に。逢いに行くから。だから、私を信じて）

僕の頬を、温かい涙が伝っていく。最後まで、僕は君に、救われてばかりだ。

「ありがとう……」

体を支えていられなくなり、僕は右側にゆっくりと倒れる。もう、痛みの感覚もなかった。

左手が震えながらゆっくりと動き、僕の右手をそっと摑んだ。

（やっと、私も、言えるや。ホズミ君、ありがとう、大好き……）

微かに残った意思で、僕の右手の指を動かし、彼女の左手を、しっかりと握り返す。

――ありがとう。

雨が止んだ。手を繋いだまま二人で見上げた夜空には、赤みがかった大きな満月が浮かんでいる。『好きな人と一緒に見ると結ばれる』、ストロベリームーン。案外その俗信は、真実かもしれないな、と思う。

やがて視界は白と黒の砂嵐で満ちていった。

聴覚にも、雨の音のようなノイズしかなかった。

自分の爪先から、粉々に千切られるような感覚が徐々に這《は》い上《あ》がってくる。ああ、消えるんだな。でもそれももう、怖くはなかった。最期に君が、いてくれるから。

砂嵐と雑音は、次第に強さを増していき、

　そして、全て、

　　消えた。

■

▶×

▶▶×

×　×　×　×　　　×　　　×　▶　　　　　×
×　×　×　×　　　×
×　×　×　×　×　　　×　　　　　　　×
×　×　×　×　×　　　×　×　◀◀　　　　　　　　　◀◀
×　×　×　×　×　　　　　　　　　　　　　　　　　×
×　×　×　×　×　×　×　　　×　　　×
×　×　×　×　×　　　×
×　×　×　×　×　　　×　　　▶▶
×　×　×　×　×　×
×　×　×　×
×　×　×　×　　　×
×　×　×　×
×　×　×　×
×　×　×　×　　　×
×　×　×　×
×　×　×　×
×　×　×　×
×　×　×　×
×　×　×　×
×　×　×
×　×　×
×　×　×
×　×　×
×　×　×
×　×　×
×　×　×
×　×　×
×　×　×
×　×　×
×　×　×
×　×　×
×　×　×
×　×　×
×　×　×
×　×　×
×　×　×
×　×　×
×　×　×

●第四章　逢う日、花咲く。

　ずっと、闇の中にいた。

　ここから出ることはもうないんだと思っていた。

　このまま、消える様に死んでいくんだと、思っていた。

　五年生存率が約七割、一〇年生存率が約四割、小児の場合はさらに深刻――という情報は、まだ体が動く時に調べて知った。僕がこの病と付き合って、もう四年になるだろうか。都合よくドナーが現れる事もなく、日々をベッドで浪費する度に、未来に向けて先細っていく自分の命の可能性を眺めて、僕はもう希望を捨てていた。

　機械が送り込む酸素で呼吸をし、機械が送り出す血液がそれを運ぶ。腕に刺さる針が栄養を流し込み、ただ肉体を維持するだけの日々。入院してしばらくはお見舞いに来てくれていた小学校の友人も、今や一人もいなくなった。

　闇の中で目が覚めて、変わらない現実だけを茫洋《ぼうよう》と見つめ、また闇の中で眠る。

　時折見る不思議で温かな夢に、眩《まばゆ》い光と希望を感じては、苦しい憧憬だけを残して消えて行く。

泣き喚《わめ》く力さえもなく、ただ静かに涙だけが零れる。

終わらせてくれた方が、よほど楽だと思った。

それだけを、強く、強く望んだ。

終わる事だけが、僕の希望だった。


でも、誰かの声が聞こえた。

◀◀

あの日、部屋でわんわんと泣きじゃくる私を見つけ、お母さんはとても驚いて、それでも優しく力強く、私が落ち着くまでずっと抱き締め続けてくれた。どうしたのと聞かれ、錯乱していてよく覚えてないけれど、「大切な人がいなくなっちゃった」とか、泣き喚いてたと思う。後から教えてくれたけど、何でも、お母さんが仕事から帰って来た時、家の外まで私の泣き声は聞こえていたようだ。恥ずかしい。

「葵花、絵里ちゃん来たわよー」

「はあい」

階段の下から聞こえたお母さんの声に返事をして、私は荷物を持って部屋を出る。

玄関まで行くと、普段よりも数倍お洒落をした絵里が待っていた。顔には化粧もしているようだ。

「えっ、ちょっと気合入れすぎじゃない？」

そう笑いながら私が茶々を入れると、

「だって東京だよ、都心だよ、大都会だよ！　芸能人とかに会ってロマンスが始まるかもしれないじゃん！　もしかしたらスカウトされちゃうかもじゃん！」

と、興奮した様子で絵里は語り、私はまた笑うのだった。


家を出ると、外は快晴。梅雨明けの青空は夏の威力を余すところなく発揮し、陽に当たる私の肌をじりじりと焼いた。慌てて日傘を広げる。

絵里と駅まで歩いて電車に乗り、一五分程行って乗り換え。駅弁を食べながら特急電車に揺られて約二時間半。さらに各駅停車を二本乗り換えて三〇分。徒歩移動の時間も入れると、合計で約三時間半。これでようやく目的の駅に着く。この日の為に一か月アルバイトしたお給料の半分が、この往復費用で消える事になる。家族旅行とか修学旅行を除くと、私の、今までの人生で一番の大移動だった。

電車の中ではウキウキソワソワと落ち着かない絵里だったけど、ここだよ、と目的の駅で電車を降りると、

「え、ホントにここ？　大都会は？　うんざりするほどの人混みは？　スカウトはー？」

と、拍子抜けしていた。

東京の全てがそんな大都会だったら、さぞ息苦しい街になっていただろう。私達が降りた駅は、首都東京の一部とはいえ都心からは離れており、やや大きめの駅ビルはあるけれど他に高い建物もない。少し汚れたアーケードの商店街から受ける印象には、都会というよりも昔ながらの下町という表現の方が似合っていた。

私はスマホで交通案内を見ながら言う。

「じゃあここから、バスで八分だね」

「えっ、まだ移動するの？」

「絵里は、この辺で遊んでる？」

「そうするー。一応ショップもあるみたいだし」

絵里に手を振って、私はバスに乗り込んだ。本当は一人でここまで来るのはすごく不安だったから、彼女がついて来てくれたのは、とっても助かった。もしかしたら絵

里は、そんな私の心細さまで感じ取って、同行を申し出てくれたのかもしれない。

携帯に着信があったのでメッセージアプリを開くと、絵里からかわいいスタンプ付きで「私の事は気にせずごゆっくりー♪」とメッセージが入っていた。返事を送ってから窓の外を眺め、この友達をずっと大事にしよう、と改めて思う。


ホズミ君にさよならを言われてから、一年が経っていた。

あの日からしばらく、救ってくれたホズミ君のために、生きなきゃ、という義務感だけで体を動かしていた。

それでも、小学生の頃から連れ添っていた大好きな胸の温もりを失って、私は抜け殻のようだった。彼の周りにあった私の心の内側ごと、ホズミ君が持っていってしまったのかと思った。それこそ、星野先生が言っていたように、内側が、空虚で満ちていた。先生を縛り付けていた、大切なものを失う事の苦しさを、身を以って思い知った。

夜になると、布団に潜ってぽろぽろと泣きながら、思い出までもが消えていってしまわないように、もう戻らない彼の存在や言葉を何度も思い返していた。

三年後の未来から、自分の命と引き換えに過去の私を救ってくれた、私のウサギさん。

最後の時に、何も言えないままいなくなってしまった、大切な人。思う度に、胸は痛んだ。

でも、ある日私は気付く。

気付いてしまえば、簡単な事だった。

三年という時間は、そう遠い未来ではない。それはつまり、私を救って消えた彼からしたら過去の――私から見れば「現在のホズミ君」が、この世界のどこかにいるはずだということ。

運命が変わって、私の心臓を移植されていないホズミ君が。

次の日から私は、彼の情報を探した。彼はあまり自分の事を語らなかったので、私が知っていたのは、「八月朔日行兎」という名前くらいだった。さすがにそれだけでは、手がかりが足りなさ過ぎた。思い切って絵里に話しても、知るわけないじゃんと笑いながら一蹴された。

途方に暮れた私は、悩んだ末に職員室を訪ね、星野先生にも相談した。ホズミ君の名前を書いた紙を見せると、彼は目を大きくして――

「まさか、これは、あの時の……」

「はい。彼を、探したいんです」

「……かなり珍しい苗字だけど、だからこそ印象に残る。文科省の現職女性大臣と同じ苗字だね」

「えっ」

「さては鈴城さん、ニュースとか見てないな？」

ニヤリとした顔で指摘され、私は顔を赤くする。

「これだけレアな苗字なら、関係あるかもね。東京に住んでる知り合いに、政治関係のルポライターやってる人がいるから、ちょっと訊いてみるよ」

繋がった——と、私は思った。数日ぶりに胸に空気が通った心地がした。

「ありがとうございます！」

深く頭を下げると、先生はひらりと手を振って、

「キミにも彼にも、返しきれないくらいの巨大な借りがあるからね」

と言って苦笑した。

バスはすぐに目的の停車場に着き、お金を払って私はその地に降り立った。

視線を上げると、夏の日差しの中に、六階建ての大きな病院が頼もしく佇《たたず》んでいる。

ここの情報を得るまで、一年近くかかってしまった。星野先生は何度もお願いしてくれたみたいだけど、その知り合いの人も忙しく、また大臣に接触する機会もあまり取れなかったようだった。私は今か今かと連絡を待ちながら、やきもきする日々を過ごした。

梅雨が明け、夏が過ぎ、秋が終わり、年が変わって冬も落ち着くと、私は高校二年生になった。一日たりとも、彼を忘れた日はなかった。春の桜が散り終わって、新緑の初夏が訪れ、彼のいない梅雨が来て、タチアオイが足元に花を付け始めた頃……、連絡が、あった。

受付で部屋番号を訊き、空調の効いた院内を歩く。

そこに近付くにつれ、様々な感情で胸は高鳴っていく。私の内側は、いつの間にか空虚ではない何かでいっぱいだった。それは、とても、心地よくて、温かい。

世界中の誰も知らなくても、私だけは知っている。

ここではないどこかで。今ではない未来で。人知れず、その命を懸けて、私を救ってくれたヒーローがいる事を。

こっちの彼は、きっと、私を知らない。それでもいい。苦しんでいるだろう彼に寄り添って、私ができる事はなんでもしよう。

ドアノブに手をかけ、一つ、深呼吸をする。

ゆっくりと重いドアを開けると、明るい光の差し込む窓の向こうに見える、病院の中庭の花壇で、沢山のタチアオイがてっぺんに花を揺らし、長かった梅雨の終わりを、嬉しそうに告げていた。

▶

ずっと、闇の中にいた。

終わる事だけが、僕の希望だった。

でも、誰かの声が聞こえた。

「ホズミ君」

その音の連なりが何を意味するのかさえ、僕は忘れかけていた。

だからそれが、僕を呼ぶものであると気付くのに、時間がかかった。

「ホズミ君っ」

それは聞き覚えのない声だった。

でも、鼓膜を震わすその響きに、不思議とどこか、懐かしさを感じる。

「ホズミ、イクト君っ」

静かにして欲しくて、僕は小さく目を開けた。

眩しさに細めた目には、体に繋がるいくつものチューブが映る。それは、見飽きたいつもの光景。

でも今日はその管の向こうに、涙を流しながらも微笑んで僕を見る、知らない女性がいた。

「逢いに来たよ……ホズミ君」

窓から差し込む光の中で、僕のベッドの横に立つその人は、綺麗な頰に宝石みたいな涙をぽろぽろ零しながら、僕の右手を取った。

僕の手を包む、その柔らかな手の温もりに、久しぶりに、本当に久しぶりに、命の温度というものを感じた気がした。僕は微かな意思で右手の指を動かし、彼女の手を握り返す。

「なしなつめ……」

なぜか、夢の中で何度か耳にしていた、万葉の一首の冒頭が口を衝いて出た。呼吸器の奥で僕の声は掠《かす》れていたが、僕の手を取る知らない女性は、驚いた様に目を大きくする。その様子が、何故だか無性に、愛しく感じた。

「きみにあわつぎ、はうくずの……」

そこで止まってしまった僕の言葉に、彼女が続いてくれた。

「のちも、あわんと……」

そうか、僕はずっと、この日を待っていたのかもしれない。

息を吸って、胸に空気を取り込む。二人の声が、寄り添う様にぴたりと一致した。

「逢う日、花咲く」

終わる事だけが、僕の希望だった。

でも君が、僕の命に意味を与えてしまった。

▸▸　▸▸　▸▸

「肩、貸そうか？」

そう遠慮がちに、彼女が問う。

「ありがとう。でも、自分の力で行くよ。一緒に、隣を歩いてくれる？」

「うん、分かった」

松葉杖《まつばづえ》とともに、川沿いの草原の中を一歩踏み出すと、ここまで付き添ってくれていた担当医師が、僕の背中に声をかけた。

「おいおい、くれぐれも無茶はするなよ？　全置換型だって万能じゃないんだからな？」

僕の胸の中には、プラスチックとチタン製の全置換型人工心臓が埋め込まれている。

僕は振り返り、先生に答える。

「分かってますよ。でもこの日の為に、今まで頑張ってきたんです。そこで見守っていて下さい」

「……分かった。行ってこい」

医療技術は日々進歩しているとはいえ、人間の心臓を人工のものに完全に取り換えて、支障なく生活できるようになる程の製品は、残念ながら現時点ではまだ存在していない。あくまでも、心臓移植のドナーが現れるか、移植の必要すらなくす完全な人工心臓の開発までの「つなぎ」の役割を果たしているに過ぎない。

でも、僕がその施術を決意したのは、言うまでもなく、彼女のおかげだ。

自分の人生の幕を下ろす事にだけ希望を見出していた僕は、今や生き続ける事への執着と切望で、胸が張り裂けそうなほどだ。

僕は生きたい。彼女とともに、生き続けていたい。

四年近くベッドで過ごした体は絶望的に衰えていて、人工心臓の許容域内で独力で松葉杖を突いて歩くようになるにも、死に物狂いで数か月かかった。それでも僕のケースは、世界的にも稀な回復例を見せているらしい。

正直、いつドナーが現れるか、分からない。今も左胸で拍動する人工の心臓が、いつ不具合を起こすかも、分からない。それでも、彼女が隣にいてくれるなら、僕は絶対に、死ぬわけにはいかない。

彼女はゆっくりと横を歩きながら、何度も立ち止まり呼吸を整える僕に辛抱強く付き合ってくれている。やがて目的の場所に辿り着いた僕を見て、ほっとしたように微笑んだ。

そこは、川辺の草原の中に一本だけ佇む、青々とした葉を茂らせる木の傍だ。梅雨明けの爽やかな風がさらさらと木の葉を揺らし、汗ばんだ僕の額を撫でた。

「ここなの？」と僕が訊くと、彼女は頷く。

「うん、間違いないよ。……でも、ホントに大丈夫？　私掘ろうか？」

「大丈夫。約束だもんな」

僕自身に、その約束の記憶はない。でも、彼女が語ってくれた、もう一つの僕の人生を、僕は信じているし、誇りに思っている。

バッグからスコップを取り出してその場にしゃがむと、僕はその木の根本の土を掘り始めた。

予想以上の運動量に息を切らしていると、スコップの先端が何か硬いものに当たる手応えがあった。周りの土を慎重にどかし、出てきたそれを持ち上げる。箱状の物を覆っているビニール袋は、劣化しているのかすぐにパリパリと破け、中から赤錆《さ》びた缶が現れた。

「あらら、錆びてるね。埋めてから何年も経ってるもんなぁ。開けられるかな」

「やってみる」

力を入れると、案外簡単にそれは開いた。僕の横から彼女が中を覗き込む。

「あははっ、ちゃんとあった！　懐かしい！」

「何これ、手紙？　……ウサギさんへ、って書いてある」

「うん。私が書いたラブレターだよ」

「なっ！」

予想していなかった答えに、僕の心で嫉妬の炎が燃えた。一体、どこの誰に向けたものだ。

葵花はそんな僕を見ると、ふふふっと肩を揺らして、川風に揺れるタチアオイの花のような、幸せそうな笑顔を見せた。

「ちゃんと約束、守ってくれたね。私のウサギさん」

そう言って少し背伸びすると、僕の頬に、キスをした。

あとがき

命の道は前にしかありません。けれど、過去は消えません。

手にしているはずの幸福は、いつの間にか「当たり前」になって、失ったものや、手をすり抜けていったものばかりが、甘苦しいほど綺麗《きれい》に、宝石の輝きを放ちます。

愛《いと》しい過去は消えません。けれど、人は前に進むしかありません。

振り返ってばかりいても、優しく、残酷に、時は背中を叩《たた》くように押してきます。留まっている事なんてできません。

過去は煩わしく、そして甘美で。捨ててしまいたくて、でも手放したくなくて。

想《おも》い出《で》の腕に心を摑《つか》まれながら、肩を落とし、足を引《ひ》き摺《ず》るようにこの命の道を歩いていても、少しずつ、新しい繫《つな》がりはできます。大切なものも増えます。彩りも、責任も、増えていきます。

そうしていつの間にか大人になれてしまった今でも、正直言って、生きる意味なんて分かりません。未《ま》だ、苦しくさえ、あります。桜吹雪のあの春に、自分を救ったつもりでいても、心はいつしか寒空に萎《しお》れて、胸は苦しく軋《きし》みます。

でも、この道程の上で新しく得た繋がりが、その温度が、共に歩いてくれるから、過去が未来に繋がっていると、実感できます。

ここまで、本編とは何の関係もありませんが、そんな風に思っています。はじめまして、青海野《あおみの》です。

この本は、断筆して自分を極限に追い込んでしまっている時に、何とかして生きる理由を見出《みいだ》したくて、リハビリのように書いたものです。

沢山の言葉の海の中からこの物語を見つけ出してくれた人や、ここまで磨き上げる事に尽力してくれた人。最高に素敵な表紙を描いて頂いたふすいさん。大変な状況の中でも執筆の時間を作る事に協力してくれた大切な人に、感謝は尽きません。もちろん、この本を手に取ってここまで読んで頂けた皆さまにも。

願わくば、この本が、僕の生きる命の道に光をもたらすきっかけにならん事を。

そして、誰かの心にも、僅かでも温度を与える事ができたら、なんて素敵な事だろうと思います。

本書は第25回電撃小説大賞で《選考委員奨励賞》を受賞した
『逢う日、花咲く。』に加筆・修正したものです。

メディアワークス文庫

逢《あ》う日《ひ》、花《はな》咲《さ》く。

青海野《あおみの》 灰《はい》

2019年6月25日　初版発行
2024年1月15日　12版発行

発行者　山下直久
発行　株式会社**KADOKAWA**
〒102-8177　東京都千代田区富士見2-13-3
0570-002-301（ナビダイヤル）
装丁者　渡辺宏一（有限会社ニイナナニイゴオ）
印刷　株式会社KADOKAWA
製本　株式会社KADOKAWA

●お問い合わせ
https://www.kadokawa.co.jp/（「お問い合わせ」へお進みください）
※内容によっては、お答えできない場合があります。
※サポートは日本国内のみとさせていただきます。
※Japanese text only

※定価はカバーに表示してあります。

Printed in Japan
ISBN978-4-04-912534-4 C0193

メディアワークス文庫　https://mwbunko.com/

本書に対するご意見、ご感想をお寄せください。
あて先
〒102-8177　東京都千代田区富士見2-13-3
メディアワークス文庫編集部
「青海野　灰先生」係

いなくなる人のこと、好きになっても、
仕方ないんですけどね。
三日間の幸福
三秋縋
イラスト／E9L
どうやら俺の人生には、今後何一つ良いことがないらしい。
寿命の“査定価格”が一年につき一万円ぽっちだったのは、そのせいだ。
未来を悲観して寿命の大半を売り払った俺は、
僅かな余生で幸せを掴もうと躍起になるが、何をやっても裏目に出る。
空回りし続ける俺を醒めた目で見つめる、「監視員」のミヤギ。
彼女の為に生きることこそが一番の幸せなのだと気付く頃には、
俺の寿命は二か月を切っていた。
ウェブで大人気のエピソードがついに文庫化。
（原題：『寿命を買い取ってもらった。一年につき、一万円で。』）